BREAK

to be new and different

打開一本書
打破思考的框架，
打破想像的極限

高寶書版

目　光

從醫師成為病人，
關於人性善惡、寬恕、生命的治癒處方箋

陶勇、李潤　著

医学是信仰
向光而行

陶勇

目錄

CONTENTS

目錄

CONTENTS

推薦序

苦難是美德的機會

——作家　周國平

一場飛來橫禍，讓陶勇成為了新聞人物。病人向醫生行凶，這樣的事件屢屢發生，但是所有瞭解陶勇的人一致認為，這樣的事情最不該落在陶勇頭上。

獲評「首都十大傑出青年醫生」，陶勇實至名歸。他彷彿是為從醫而生的，對醫學有著無比的熱愛，對醫術精益求精，對病患誠心誠意，許多他救治過的病人及家屬都成了他的親密朋友。因此，事件發生之後，輿論譁然，他自己也驚愕不解。

對陶勇來說，這件事是不折不扣的飛來橫禍。在他治療過的無數眼疾患者之中，有有那麼一個人，生活困苦，性格孤僻，心理扭曲，與自己所有親人早已斷絕來往，有嚴重的病態人格。此人眼睛患有長時間無法根治的病，在漫長的求醫之路上，陶勇是最後一站，而陶勇也盡最大努力保住了他的部分視力。但哪裡想得到，此人決定輕生，要找一個陪葬者，而選中的，正是最後接觸的那個醫生。

陶勇與死亡擦肩而過，傷勢極為嚴重，身體經歷了巨大的痛苦。我特別留意的是他的心理反應——按常理推測，精誠行醫卻遭此橫禍，難免會懷疑初心，動搖信念。在本書中，事件本身只是一個引子，主體部分是對從醫心路歷程的回顧、盲人世界帶給他的感動、事件發生後廣闊而深入的思考。我看到的，是人們認為他最不該遭受此橫禍的理由，也正是他能夠堅強承受此苦難的原因。

古羅馬一位哲人說：「苦難是美德的機會。」在苦難之下，一個人原本就具有的美德閃耀著，發出了奪目的光芒。醫學是陶勇的信仰，這信仰源自於愛，一是對科學和專業的愛，二是對眾生和病人的愛，因為這兩種愛，醫學成了他摯愛的事業。

在經歷傷痛折磨的日子裡，占據他心靈的是這兩種愛，一心惦記著科研計畫和公益計畫。這兩種愛支撐他渡過了人生的難關，包括心理上的難關，讓他不再為無辜遭此厄運而糾結，而是如他所說，把厄運當作一塊客觀存在、砸傷他的石頭，搬開它繼續前行。

一個有真信仰、真愛、真事業的人，是世間任何力量都無法打敗的。

陶勇能夠坦然面對厄運，還有一個因素不能不提，就是他對哲學的喜愛。醫學與哲學本來就有不解之緣——醫生面對的不是單個疾病，作為科學家，他要懂得完整的人體；作為實踐者，他要懂得完整的人性——而這兩方面都關乎哲學。

一個醫生倘若具有哲學素養，行醫就會對他觀察人性和思考人生提供大量的機會與素材。人不論貧富貴賤都會生病，這是人最脆弱的時候，醫生往往能夠窺見人性最隱祕也最真實的面貌。陶勇正是這樣，他自己說，他感覺自己像一個記者，透過疾病去瞭解一個人，透過一個人去觀察一個群體和社會。同時，如他所言，醫生因為見慣了生死，會更加看淡人生中表像的東西，更加從本質上去思考人生。

一個人平時就養成了哲學思考習慣，一旦日常生活被突然的災難打斷，這個習慣就會發揮積極的作用，於是陶勇獲得了他「有生之年都沒有過的一段修心時光」。他把所遭遇的災難作為一個契機，深入思考了諸多哲學問題，包括人性的善惡、人生危機、孤獨、幸福、生死等等。他讀過許多哲學書，但是他的認識不是來自書本，而是他自己親身體悟到的。他的體悟貫穿了一種平和的心態、一種平常心，不唱高調，不走極端，這是我非常欣賞的。

行凶事件發生後，媒體的關注點聚焦於醫患關係的矛盾，他對此也有冷靜的思考，提出了十分合理的建議。不過，在本書中，這方面的內容僅占很小的篇幅，他沒有受外界的影響，把自己生命中的一個重要經歷縮小為單一的社會話題，這也是我非常欣賞的。

本書的文字乾淨而流暢，很好讀。從陶勇的後記中知道，本書的合著作者李潤是陶勇近二十年的摯友。從李潤的後記中則看到，這位摯友性情淘氣，卻很欣賞性格迥異的陶勇，這樣的合作，想必是十分愉快的。

我與兩位作者素昧平生，可是，當我得知作者希望我寫序時，我還沒有看到書稿的任何一個字時就答應了，而在看完書稿之後，我想說，替這本書寫序，於我是一件十分愉快的事。

推薦序

謝謝你，讓我看到生活中的光

——中央電視臺主持人　倪萍

拿到陶勇醫生《目光》的文稿時，已是初秋。

滿紙的溫柔與冷峻，便是一位心有大愛的白衣天使與厄運交戰的無奈，也以一字一句當甘霖雨露在苦難和絕望的沙漠裡開出花來。

讀《目光》裡的故事，我快不起來，也停不下來。這本書的每一個敘述裡，都有平凡世界裡普通人撥開傷口、拆著肋骨搭建的溫情世界。

因為醫療行業與生死相關，所以從來都不能將其作為一個尋常行業來看——不能簡單地說職業，也不能簡單地談論「責任」。類似的行業，還有教育，尤其在中國這樣素來很講道德傳統的國家。

陶勇的經歷原本符合人們對「天之驕子」的一切想像：他二十八歲從北京大學醫

學部以醫學博士的身分畢業，三十五歲成了主任醫師，三十七歲就擔任博士生導師。他發表的ＳＣＩ論文有七十九篇，發表在中文核心期刊上的論文有二十六篇，還主持著多項國內外科研基金，在眼科領域，他絕對是同齡人中的佼佼者。

而這個奉醫學為終身信仰的人，用醫術和仁愛，給那麼多眼前混沌的人一片光明和清澄，卻最終無法掃除人心的戾氣和惡意。

陶勇被砍傷，往後餘生與手術臺再也無緣。

沒人會理解那種痛楚。

一個一心向醫的頂尖醫生被砍傷，被砍斷的，不僅僅是作為醫生可以進行精密手術操作的手，更是這背後一個個帶著希望在等待的家庭。由於凶手對社會造成惡劣的影響，無數家庭失去治療的希望。我希望凶手被從重處罰，但我更怕的是陶勇從此一蹶不振，原本懷著一腔熱血踏上行醫路，最終卻倒在自己的信仰之下。

陶勇自己卻將此遭遇視作生死邊界的一次考驗，他把這件事當作自己一段獨特的經歷，這段經歷讓他從醫生變成患者，真正體會了在死亡邊緣的感受，這讓他更瞭解患者的心態，對醫患之間的關係更加明確，對從醫的使命更加堅定。

更讓人欽佩和欣慰的是，陶勇在《目光》一書中透露，他並不希望自己受傷這件事被太多人關注。因為在他的眼裡，每天都有那麼多人在生死邊緣掙扎，相比起來，他和他們並無二致。而這件事真正的意義在於，它能為這些關注的目光呈現什麼樣的價值。

人性複雜，善惡總在一念之間，陶勇所呈現出的通達與大智慧，絢爛奪目。

我想，對於陶勇來說，《目光》的出版，不僅僅是為了所有關心和鼓勵他的人，也是為自己——人生無常，不可挽回的事太多，古往今來，天災人禍，留下過多少傷疤，如果一一記住它們的疼痛，人類早就失去了生存的興趣和勇氣。

每個人一輩子需要克服的太多，有時是外界，有時是自己。

有些人十幾歲的年紀就早已暮氣沉沉，陶醫生年已四十歲，卻仍有一身少年氣。他對世界永保少年的激情和熱血，在自己的精神世界裡自由馳騁。他的眼裡有光，是因為他心中有最初的善良和正直，照亮那些有信仰的人。

我永遠為這樣的人熱淚盈眶。

謝謝你，謝謝每一位為了讓世界變得更好而努力的人，同時也希望法律儘快跟上醫學的腳步，在各自的領域守護好要守護的人。

也願我們，都能為自己所熱愛的一切，窮極一生。

推薦序

陶勇醫生的故事，不該是一個人的戰鬥

——中央電視臺《新聞1＋1》主持人　白岩松

一月二十日晚上，鍾南山院士對全民發出預警——確定新冠病毒人傳人，由此正式拉開了中國抗疫之戰的大幕！

而當天下午，北京朝陽醫院陶勇醫生遭遇暴力傷醫事件，其實也是對全民發出的預警——暴力傷醫是犯罪，而不能被戴上醫患關係的帽子，否則，我們都是受害者！

鍾南山是勇士，面對真相；陶勇醫生也是勇士，面對傷害，而又能不被傷害擊倒，重新出診。

陶勇醫生的故事，不該是一個人的戰鬥，我們該用抗疫的態度來面對暴力傷醫。

如果說暴力傷醫是這個社會的病毒，我們正確的態度就是最有效的疫苗！

第一章

緣起：至暗時刻

“既然決定活下去了，
那就要迎接更激烈、更殘酷的戰鬥，
我是有這個準備的。”

二〇二〇年一月二十日，臨近春節，醫院裡依然人滿為患，儼然沒有任何節日來臨前的氣氛，病痛不會因為任何節慶假日而放緩腳步。

早上臨出門時，妻子特別叮囑我，母親今晚準備了我最愛吃的香菇米線，讓我早點回家；同時，車子的電瓶故障也有一陣子了，需要早點修，以備春節期間使用，我答應了。事實上，我也不確定自己是否能兌現這個承諾。好像家是我唯一可以撒謊的地方，在醫院，我不敢有一絲言語上的誤差，因為對每個病人來說，醫生的任何一句話都有可能讓他產生無限猜想。

今天是我出門診的日子，坐到就診臺後，我查了一下今天的門診量，比昨天還多十幾個，護士跑過來和我說，還有幾個病人請求加號看診。我笑了一下，香菇米線看來是吃不成了，能多讓幾個病人踏實地過年也不枉母親的一番苦心。

整個上午看診還算順利，看了有一大半的患者。我心裡不禁有些舒暢，想著也許晚上能趕回去吃飯，所以我中午沒去員工餐廳吃飯，想下午儘量早點開診，就簡單地泡了一包泡麵，吃完後稍微休息了一會兒，大概一點鐘便開診了。

下午的第一位患者，雙眼紅得像兔子眼睛，一問才知道，是因為玩電腦遊戲熬了幾天幾夜沒睡覺，我叮囑他多休息，幫他開了一點消炎藥。有心說，這樣的病完全沒必要大費周章跑到這裡來看，任何一個小門診或者社區醫院都可以診治。但又一想，對於患者來說，他們也無法判定病情嚴重與否，往往會往最壞的方向去想，他們來了也是求個心安。

第二位是老患者了，結核炎引起的眼底損害，八年了，病情一直反反復復。患者老家醫療條件不佳，便在北京的一家海鮮餐廳工作。一開始我以為他是廚師，後來才知道是電工，包吃包住，一個月三千元（人民幣）。我心下感嘆真是不容易啊，便照例把他的掛號費取消了。聊起來才知道，為了多賺一點春節期間的加班費，他今年不準備回家過年了，我於心不忍，便把上午患者送來的一袋小米轉送給他，但願他在北京過的這個年，能順遂溫暖。

第三位是複診患者，她是一位投資人的母親，之前因為眼睛發炎找不出原因，心急如焚；後來視力變得越來越模糊，幾近伸手不見五指的地步，輾轉各地找到了我這裡。我為她安排了眼內液檢測，今天的結果顯示病毒量明顯升高，證實了我之前的判斷，終於找到病因。

第四位是個年輕的女患者，由她母親陪同，病情比較複雜，雙眼在一週的時間內快速失明，同時伴有頭疼、耳鳴。她們拿著過往厚厚的一疊病歷和報告，我逐一認真翻閱了一會兒，想找出其中的關鍵問題。這時候，我隱約看到有一個人進了診療室，徑直走到我的身後，我也沒多想，這樣的情況在醫院太過常見——雖然有護理師，但有時病人也會趁其不備跑進來插隊問診。

猛然間，我感覺後腦遭到狠狠一記重擊，就像被人用棒球棍用力砸了一下，整個腦袋磕到辦公桌上，頭「嗡」的一下，一種木木的昏眩感襲來。我下意識抬手護住頭，那時我的右手還拿著病人的病歷，所以本能地用左手向後腦去摸。

緊接著又是一擊，力度更勝之前，我聽到旁邊的病人大叫一聲，這才意識到我被襲擊了，便慌忙站起來往外跑。原本我的工作位置是靠近門的，但為了方便查看X光片，我特意把座位調到了離X光片燈箱更近的右側位置，沒想到對逃離造成了阻礙。

我甩開周邊的人和物，衝出來直奔樓梯，走廊裡瞬間傳來厲聲尖叫，人群四散。我眼睛餘光看到自己的白大褂已是殷紅一片，頭還在嗡嗡作響，眼前金花閃爍，耳內轟鳴，整個人像吃了迷藥一樣暈眩。

我努力控制著自己的身體，拚命奔跑，實則這個過程不過十幾秒鐘。我跑到樓梯口的轉角處發現這是一個死路，剛要轉向，對方已完全近身，電光石火之間，我看到他手裡拿著一個明晃晃的凶器，便本能地抱住頭顱，重擊再次襲來，我整個人被擊倒在地。

我大聲呼救間，看到一個白色身影撲了過來，與那人扭打在一起，我趁機爬起來往手扶梯那跑去，跌跌撞撞跑下樓梯。這時我已經神志不清，迎面看到一位護士，她驚愕地看著我，然後迅速扶起我，連扶帶背地將我拖進一個辦公室，然後將門反鎖。

她又驚又急地對我說：「您受傷了，趕緊躺下！」然後扶我躺在辦公室的看診床上。我整個人在驚嚇之餘還算冷靜，我看到她動作迅速地拿出酒精、紗布、剪刀開始為我消毒包紮，這時我才看到我的雙臂和手已是血肉模糊，左臂和左手上的肉翻捲開來，露出白骨。

事發太過突然，很多細節已記不清楚。事後在恢復的過程中，我才陸續瞭解了整個事情的經過。對方提著一把大型菜刀，非常沉重鋒利，我在診療室就被砍了兩刀，一刀在我後腦，另一刀就是我的左臂小臂處。在我奔逃到樓梯轉角處時，我被砍翻在地，那時我的後脖頸又中一刀，左手可能在下意識擋刀時被橫著劈開，右臂也中了一刀。

而在這短短的幾十秒鐘裡，同在診療室的一位志願者為了喝止行凶者，在我跑出去後，後腦被砍了兩刀；而一位正坐在診療室門口候診的病人家屬的手背，也在為我阻擋行凶者的時候挨了一刀。

那個衝出來與歹徒英勇搏鬥的，是坐在我斜對面診療室的楊碩醫師。當時他聽到走廊上的異常聲響時，第一時間跑了出來，正看到鮮血淋漓奔逃的我。他下意識就追了上去，追到樓梯轉角處看到已經倒地的我正被歹徒揮刀亂砍。用他的話形容，我發出的聲音是他從未聽過的淒厲慘叫聲，他二話不說就撲上去抱住了歹徒，歹徒扭身甩脫，一刀沖他劈下，他頭一躲，刀鋒劈到他的頭部左側，眼鏡碎裂在地上，左耳被劃開一道長長的口子。

正是他的阻擋給了我逃命的時間，歹徒甩脫他後繼續向我奔逃的方向追去。楊碩醫師赤手空拳，便跑去洗手間一把奪下打掃工人手裡的拖把就又追了出去。此時整個七樓已經空空蕩蕩，人群早已奔逃到各處。他看了一下手裡的拖把，根本沒有殺傷力，就轉身進了一間診療室抄起一把椅子。

在我奔逃的過程中，因為失血太多，身體發軟，根本跑不過歹徒。這時又有一個人衝了過來，他姓趙，是一名物流人員。他看到滿身是血的我，下意識地抄起走廊上的看板衝上來與歹徒對峙。

後來我也是透過員警的筆錄才得知了他的存在，他一直與歹徒英勇對抗，還不時地勸歹徒冷靜，直到我跑得沒蹤沒影了，歹徒才坐下來說：「你報警吧。」很快，值班的保全人員聞訊趕來控制住了歹徒，這位趙姓先生也是我的救命恩人，沒有他，我也不會死裡逃生。

我被緊急推往了急救室，開始手術，打過麻藥，我就進入了昏迷狀態。

事後我才知道，當時院長知道消息後，第一時間緊急聯繫了相關醫療室的同事，他們或從診療室或從病房趕來為我救治，積水潭醫院的陳主任也接到了我院的求助電話，從積水潭趕過來。

手術持續了約七個小時，在這期間，幾位醫師同院主管商量了手術方案，開始進行各處傷口的縫合與處理。我的左臂與左手受傷最為嚴重，神經、肌腱、血管兩處斷裂，而陳主任正是手部外科的專家，果斷做出了救治方案。

那時我妻子也從新聞上看到了消息，通知了我的父母，兩位老人家坐地鐵來到醫院，我可以想像他們的心情是何其恐慌。相關單位的主管也得到消息趕到了醫院，他們安撫了我的父母，讓他們暫時放心。

• • •

我醒來的時候已是第二天的中午，麻藥的藥效還未散去，整個人暈暈沉沉，不知道身在何方，只覺得腦袋像被套了一個堅硬的鐵殼，勒得頭痛欲裂。

等再次清醒，我才慢慢恢復意識。我躺在ＩＣＵ裡，頭上纏滿紗布，身體被固定在床上。透過白色紗布的縫隙，我看到我的兩條手臂被套上堅硬的石膏，身體一動也不能動，頭頂上方掛著點滴瓶，藥水不緊不慢地滴落。

這些，是在我之前的二十年中太過熟悉的場景，而今天我才有機會特別認真地觀察——白色的屋頂上有幾個黑色的斑點；明黃的白熾燈照得整個房間通明空曠；點滴管裡的液體先是慢慢凝聚，然後形成一顆結實的水滴，掙脫管口的束縛重重地滴下，悄無聲息地流入我的身體。

我見過無數個躺在ICU的病人，知道他們的痛苦，更懂得他們求生的欲望。然而當我自己真實地躺在這裡時，才真正刻骨地體會他們的感受。

我為什麼會躺在這裡，到底發生了什麼事，我的父母、妻兒他們在哪裡……我通通不得而知。

我被劇烈的頭痛折磨著，也無暇思慮更多。這種疼痛不像平時的疼痛有清晰的位置來源，而是一種又漲又暈、彷彿是一團黑雲死沉沉地壓在頭上的感覺。後來聽護士說，那時我的頭腫得比平時還要大了一倍。

這種疼痛讓我如在煉獄，這是一種持久的、完全沒有辦法緩解的疼痛，我昏昏沉沉、半睡半醒，期間不時有護士和醫生過來查看以及問詢，我都記不太清楚。我全身心都在與疼痛抗爭著，只覺得時間過得異常緩慢，彷彿是一個人在煉獄中獨自煎熬。

一直到第三天，我的狀況才漸漸好轉，同時也得到了各方的慰問。只是此時我呼吸困難、氣力微弱，也難以表達太多。

楊碩醫師在被搶救後也被安排在了其他病房，他放心不下我，偷偷跑過來看我。我看到他頭上的紗布，心裡痛楚，想流眼淚，但似乎連流淚的力氣都沒有。我們就像一起經歷了生死的戰友，目光相對，千言萬語盡在不言中。

主治醫師告知我我已經脫離生命危險，讓我放心。事實上，我還沒有想到這個層面，疼痛讓我只有一個念頭，就是睡過去。

迷迷糊糊中，我看到妻子來了，她沒有我想像的那樣悲傷，就好像我們平時見面一樣。她笑著對我說：「你知道嗎，你都上微博熱搜了。」這個傻女孩，也真是符合她的性格，大大咧咧、簡單直接。

我苦笑了一下，特別想問她家裡的情況，可是此時我完全沒有力氣開口。她好像知道我要問什麼，柔聲地告訴我，女兒暫時拜託朋友照顧，父母也安頓好了，一切都好，讓我放心。我心酸不已，但也動不了，只能向她眨了眨眼。我能想像家人們經歷了一場多麼大的震盪，妻子紅紅的眼眶出賣了她的樂觀，我知道她一定晝夜未眠、哭了很多次。

ＩＣＵ不能久留，妻子陪我聊了一小會兒便被請了出去。

我一個人躺在床上，頭痛仍在持續地折磨著我。我終於知道，原來被利器所傷，第一時間的感覺竟然並不疼，而恢復的過程才是疼痛的高峰。頭疼是腦水腫造成的，我整個腦袋像扣了一個完全不透氣的鋼盔，疼痛不已；我知道這個過程誰也幫不了我，只能靠自己一個人扛下去。

值班護士進來幫我換藥，詢問我的感覺，她笑著說：「你啊，在ＩＣＵ裡是最輕的，別擔心。」我知道她是在安慰我，醫生的謊言只有醫生聽得懂。

一直到第五天，我的頭痛終於有所緩解，至少從憋炸的鋼盔中透進了一絲空氣，我清晰地感覺到了疼痛的位置。但我的手臂卻開始出現問題，我感覺到噬骨的寒冷從左臂傳來，像是接了一條冰凍的鐵棒。我驚懼我的左臂是不是已經不在了，直到醫師說手術很成功，神經和肌肉全部被砍斷，縫合後還沒有知覺，需要時間去修復，我才稍微放下心來。

有了意識後，我開始有了維持身體機能的生理需求，妻子替我熬的雞湯我也難以下嚥，勉強喝了幾口便再吃不下去。但也許是吃得太少，我一直沒有大便的便意，我知道，這時候我必須多進食，才能加快康復速度，於是接下來每頓飯都勉強自己儘量多吃幾口。

第六天，我又渴望、又害怕的便意來了，我託護士幫我找了一位男看護攙扶我走進洗手間。那是我受傷後第一次下床，身體好像不是自己的，我完全控制不了。看護用了好大的力氣才勉強扶我邁出一小步，病床距洗手間大概也只有三十公尺的距離，但它好像是我人生中最艱難的一段路程。

勉強排了一次便，我心中有些愉悅，終於可以看到一點點曙光——身體戰勝了病痛，它會越來越好。

妻子又來看我，她說現在我上新聞了，很多熱心的人都非常關心我，我的同學、朋友們打爆了她的電話，紛紛錄製祝福影片給我，還有一些人想來看我，但因為新冠疫情沒辦法進入醫院，他們送來的鮮花擺滿了一整條走廊。

她又說：「你知道嗎，柯比墜機去世了，還有他喜歡的女兒也在飛機上，一併走了。真是明天和意外哪個先來，誰也不知道。」作為半個球迷的我，心裡無限感傷，不免又對自己感到慶幸，至少我活下來了。妻子問我要不要對網友們說點什麼，因為我微博上的留言都有上萬則了。

疼痛的折磨下，加上聽到疫情和柯比的消息，我心情無比複雜。

從醫生瞬間變為患者，第一時間想到的就是那些眼病患者是怎樣過來的。眼前出現最多的是那些視障兒童的影子，他們家境並不富裕，甚至可以說一貧如洗，但是也一直堅持，從未放棄過。

此刻，我突然覺得也只有這首詩能代表我的心情：

心中的夢

我，
來自安徽，七歲那年，
一場高燒，讓我再不能看見；
我，
來自河北，從小患有惡性腫瘤，
摘除雙眼；
我，
來自山東，
生下來那裡就是空的，
老人想要把我掐死，
是媽媽緊緊抱住，
給我活下的希望。
陽光和陰影，
我無法區分；

愛情和甜蜜，
我不能擁有。
別人只是偶爾焦慮，
而我們卻一直煩惱，
因為大家口中的美麗，
我們永遠無法知曉。
我很怕，
拿起筷子吃飯的時候，
夾不起菜，
會被譏笑；
我很怕，
走路時不小心碰到旁人，
會被責罵；
當我們用盲杖不停敲打地面，
聒噪的聲音讓別人躲避不及；
當我們打開收音機，

無論怎樣調低電臺的聲音，
在別人的耳朵裡，
總是嫌大。
但是，我心中，
還有一線希望。
希望有一天，
我可以拿著打工賺來的收入，
替父母買一件新衣，
添一雙新襪。
我也希望，
有一天，
膝下也有兒女，
在耳邊，
和我說說悄悄話。
夜深人靜的時候，
每個人都會想家，

掛掉父母的電話，
我能想像，
他們兩鬢的白髮，
還有心中割捨不斷的牽掛。
我會努力，
讓父母不因我是盲人而終生活在陰霾之下，
我把光明捧在手中，
照亮每一個人的臉龐。

隨著時間的推移，我的疼痛在各位醫師和護士的護理下一點點緩解，頭上的水腫消退，但是傷口的痛開始清晰起來。由於根本無法入睡，我不得不吃一些止痛藥才能睡得安穩。

右手傷勢相對較輕，已經拆除了石膏，露出了可怕的傷痕，紅紅的，縫合線像一條蜈蚣趴在那裡，四十多針，足足有十幾公分長。左臂依然沒有知覺，我開始感到有些焦慮和擔心，我不敢想像假如我真的失去了左手，我的生活會是怎樣——還有好多患者在等著我做手術，我是否還能繼續此生熱愛的醫療事業？甚至連上個洗手間、洗個臉可能都會變得很困難——這會是怎樣的情形，難道下半生我真的要過半殘疾的生活嗎？

人總是這樣，在身體好的時候，我們會完全忽略這些肢體和器官的存在；當身體出問題了，才一下子意識到身體的重要。左臂像被凍在一塊寒冰裡，伴隨著千萬根針紮似的疼痛。我讓護士幫我找一些暖暖包貼在上面，心想這樣也許會好受一點，但是因為左臂毫無知覺，護士怕我燙傷，只得貼一會兒便取下來，過一會兒再貼上去，如此反復。同樣，疼痛讓躺著的我也百般難受，輾轉反側。

好在醫院幫我安排了一位和善的看護大哥，他不斷地配合著我，他安慰我：「你這不算什麼。」他看護過的好多患者都沒有熬過去，撒手走了。大哥人實在，這話讓當時的我又生出了力量。

我開始回憶曾經讀過的書和看過的電影，包括季羨林先生的《牛棚雜憶》、余華先生的《活著》等，那些主人公的悲慘命運以及堅韌不屈的性格，一幕一幕地在我腦中滑過。與之相比，我此刻躺在寬敞先進的病房裡，有這麼好的醫護同仁照護著，我的境地和他們比起來還是好上許多。

我又想起自己曾經的那些病人，好多都是無數次從鬼門關裡爬出來的，他們的模樣此刻再次閃現在我眼前，我更加深刻地感受到了他們的痛苦與不屈。

從醫生到病人的角色轉換，讓我一下子有了別樣的感受。我曾經那麼無知、輕易地鼓勵他們面對病痛，而現在我才知道，這份鼓勵背後需要承受多麼大的痛苦考驗。想到此，我心中不免多了一份力量和從容，那時我便做好了最壞的打算，就算我的左臂從此無法動彈，至少我還活著，還可以做其他有意義的事。

•••

《牛棚雜憶》裡季羨林先生說：「既然決定活下去了，那就要迎接更激烈、更殘酷的戰鬥，我是有這個準備的。」

派出所的員警大哥找到我，我才恍然想起這件事的緣由，之前在鬼門關前掙扎，完全無暇顧及於此。當他們告訴我行凶人的姓名時，我真的完全愣住了，這種吃驚一直持續到他們離開了很久之後。

我實在找不出他傷害我的理由——他是我三個月前接診的一個病人，生下來雙眼高度近視，一年前右眼視網膜脫離，之前在別的醫生那裡做過三次手術，出現了嚴重的併發症。找到我時他的眼球已經是萎縮狀態，視網膜全部脫離並且僵硬。我反復告知他，最好的醫治結果也只能是保住眼球，保留一點視力，但他不想放棄，堅持想試試。

後續大家在一些訪談中也瞭解到，那時我腰傷復發，疼痛難忍，但還是堅持把他的手術成功完成。我自認為我的治療過程完全沒有問題，我難以理解為什麼一個這麼成功案例的病患最終差點要了我的命。我問楊碩醫師，他也難以理解，他說這個人之前就來醫院投訴過，堅持認為醫院的治療有問題，實則他這樣的情況，相信有九成的醫院都會放棄，我們已經盡最大的力量保住了他的部分視力。

我在病床上久久難以平靜，輾轉反側，我認真回憶和他短暫接觸中的每一秒：他身材健碩，面目陰鬱，話不多，在與我的溝通中也沒有表現出任何激動的情緒，治療過程中也很配合。從他的形象穿著來看，生活並不寬裕，手上有著終年勞作留下的粗糙痕跡，應該是務農或者體力工作者，手術後我還特意為他儘量節省醫治費用。他的左眼並沒有太大問題，可以自己伏案寫字，並不太影響正常生活。那到底是為什麼，他對我有如此大的仇恨，非要置我於死地？

我的心開始狂跳，從醫這麼多年，我從未對任何病人輕視怠慢，所以我從來不懼怕任何投訴。醫院的同事們都知道，我從不接受協商調解，並不是我固執高傲，而是我自認為我已盡到了自己最大的努力，也堅信這是我最好的方案，如果因為投訴而委曲求全，那將是對我從醫品格的侮辱。然而，在我不瞭解的患者心裡，他們又是如何想的呢？那一刻，我感到毛骨悚然。

妻子和其他來看望我的同事都勸我，別想那麼多，但是我最近幾天命懸一線、遭受痛苦折磨的經歷，以及我堅持這麼多年從醫的初衷，讓我不能不想那麼多。在我心中，我一直認為醫生和患者本身並不是對立的，相反，是共同面對病痛的戰友。我們彼此協作，共同戰勝這個敵人，為什麼會自相殘殺？

我低頭又看見身上清晰的傷疤，真實可見，而且員警大哥也確認是他所為。澎湃起伏的心緒讓疼痛加劇，頭上像戴了一個金箍，此刻正受著緊箍咒的考驗。我痛得身體都有些痙攣，不得不停止思考，服一些止痛藥才能睡去。

後來有媒體朋友問我，當時恨不恨他，我的回答是：「我可以理解，但不能原諒。」在病痛的瘋狂折磨下，我無法做太多思考，但我為身在醫療行業的同行們不平。

在ＩＣＵ住了十天，我轉到普通病房，此刻疫情全面蔓延開來，這個年過得可謂終生難忘。我在病房與病痛生死較量，而我的醫護同仁們一個個英勇奔赴前線，每每妻子幫我拿來手機，看著新聞裡那些熟悉又陌生的身影，都讓我熱血沸騰，也許只有做這行的，才能真正明白其間的辛苦與風險。

新冠的傳染性較我之前參與抗疫的非典可怕得多，稍有一絲不慎就會被傳染。聽到某某醫護工作者在救治過程中犧牲，我心裡的痛難以言表。看到抗疫照片中一個個醫護人員連續工作幾十個小時，累癱在地上沉睡，依然拚著最後一絲力氣站好自己的崗位，我也感同身受。我想如果我沒有出事，也許也正同他們一起奮戰在前線，這大概是我們從醫者心底的一種使命感，是醫生的一種本能。

•••

直到轉到普通病房，我才見到父母，我完全可以想像他們這段時間的心情，後來我才知道父母看到昏迷時的我哭到差點暈倒。但此刻他們見了我，沒有流露出一點絕望或是痛苦的神情，我爸只是跟我講了他小時候的一個故事。

我爸童年時期生活非常艱辛，祖父撒手而去，留下他們孤兒寡母三個討生活。他一個人上山砍柴，因為一次失誤，鐮刀在小腿上劃下了一道十幾公分長、三公分深的大口子，他硬是拿衣服捆住大腿根走了二十多里山路回到家。

講完，他便沒有再說什麼。父親不是一個話多的人，他能和我講這些，我完全理解他想表達的意思。

後來疫情越來越嚴重，整個北京進入高度戒嚴狀態，多數人都同我一樣只能守在一個方寸大的房間裡等待。相比之前的疼痛，轉到普通病房後的體驗可謂從地獄回到了人間。

我的起居飲食也慢慢恢復正常，可以下地簡單地移動，右手的傷疤癒合得很好，頭上刮掉的頭髮也長出了一公分左右，左手的冰凍感也緩解了不少，只是仍然沒有太強烈的知覺，這些我也逐漸習慣。

我開始能自己用右手翻閱一下手機，看到好多好多的訊息。我一一查閱，全是關心鼓勵我的話，奈何我無法一一回覆，只能傳個簡單的感謝表情。此時我微博的留言區出現了有史以來留言、分享最高峰，我非常驚訝，不太敢相信真的會有這麼多人關心我，心裡忐忑又受寵若驚。一些媒體朋友私信我，或者找到我身邊的相關人員，表示想對我進行採訪。思慮良久，最終決定還是以影片的形式向大家通報一下我目前的現狀，更多的是藉此表達一下感謝。

在我的心中，我一直覺得自己只不過是一個普通人，因為這次事件引發了一些關注，過不了幾天，熱度一過，我還是我。只不過事實遠比我想像的誇張，因為我的緣故，醫患關係的問題再次被推上輿論高峰，大家在為醫生同仁們叫屈的同時，也表達了對我的深深同情。

那幾天，我每每拿起手機，都會看到數以萬計有關我的話題和評論。大家關切的內容非常多，不僅對我，還有對醫護工作人員這個群體、對醫療行業、對法律行規、對信仰……

成名，在我的字典裡從未有過。剛學醫的時候，我曾想過，如若有一天我做的科研專案獲得成功，我的名字可能會出現在一些醫學雜誌裡，那可能是我人生最大的願望。而今，好像是一瞬間，我從茫茫人海中被一雙手拎了出來，被大家認識，被那麼多人關心，還有這麼多媒體主動聯繫我、採訪我，讓我站在鏡頭前。

我有些恍惚，同時一種莫名的壓力隨之而來。

在此之前，我一直有一條清晰的人生之路——我要在行醫坐診的同時致力於科研，沿著醫學界前輩的路踏實地走下去。然而，突如其來的災禍像一陣颶風將我騰空捲起，讓我重新審視那個埋頭行進中的自己。

留言中，有太多讓我眼眶發熱的話語，很多都是來自我的患者。於我，他們真是太過不幸的人，或許是許多擁有正常視力的人無法想像的，當一個人眼睛出現問題，甚至失去光明會是什麼樣子。世界在他們眼前是模糊、黑暗的，他們連最基本的穿衣吃飯都會比我們困難得多。光明，於他們而言，值得用全部去交換。

一位患者的母親託人過來，說她願意把自己的手捐給我；天賜的爸爸聽到消息哭得不能自已，全家人為我錄了一個很長的安慰影片；信奉基督教的患者不斷為我的康復而禱告；信仰佛教的患者送來了鮮花；還有患者留了一大段的訊息給我，心疼我、鼓勵我，字字真心，句句動人。每每看到這些，我的眼眶都會濕潤，回顧整個受傷的過程，我好像都沒有流過眼淚，然而此刻，實在難抑。

我時常問自己，何德何能擁有這麼多人的愛，而這些愛不摻雜名利、目的，是最真切的愛護。他們是不幸的，上天在他們的眼前蒙上了一層黑紗，但他們的內心卻通透明亮。

慢慢地，我開始不再糾結這個人為什麼要殺我，我為什麼要遭此厄運。砍傷我的人，我相信法律會有公正的裁決，我沒有必要因為他的扭曲而扭曲自己，我選擇客觀面對；碰傷我的石頭，我沒有必要對它拳打腳踢，而是要搬開它，繼續前行。

奧地利著名心理學家弗蘭克用其一生證明絕處再生的意義：人永遠都有選擇的權

利，在外界事物與你的反應之間，你可以做出不同的選擇。

我想如今我有此遭遇，也許就是生死邊界的一次考驗——把這件事當作我的一段獨特經歷，讓我從醫生變成患者，真正體會了在死亡邊緣的感受，對患者的心態更加理解，對醫患之間的關係更加明確，對從醫的使命更加堅定。

愛因斯坦曾說：「一個人的真正價值，首先決定於他在什麼程度上和在什麼意義上從自我解放出來。」上天為我關上了一扇門，必定會為我開一扇窗。

我並不希望我受傷這件事被太多人關注，在我的眼裡，每天都有那麼多人在生死邊緣掙扎，相比起來，我和他們並無二致。這件事真正的意義在於，我能為這些關注我的眼睛呈現什麼樣的價值。

我決心以我的經歷作為教訓，為我的從醫同仁們呼籲一下安全的從業環境，這次傷痛宛如惡夢，我完全不想回顧，只希望到我這裡為止，永不再現。我知道改善醫患關係與太多層面息息相關，但如果能因此在醫院門口裝上一道安檢之門，也算對我受此一劫的莫大告慰。

《眼內液檢測的臨床應用》一書是我近十年的經驗總結和智慧結晶，我想趕快完成這本書，並把這本書交給人民衛生出版社來進行後續工作。因為當時顱內有水腫，還有出血，我擔心傷後存有後遺症，不想半途而廢。

再者是持續推進公益計畫。因為我們現在的治療技術與手段相對有限，世界上終歸還是會有很多失明的人，如果我能為他們做一點點事，或許能幫助他們改變人生，讓盲人享有該有的權利，能獨立並快樂地生存於這世間，也是我受傷後擁有這點影響力的意義所在。

有了這樣的想法，我的心態一下子舒展多了，護士都說我開始笑了，還時不時和來看望我的人打趣開玩笑。心態的輕鬆讓病痛開始有些畏縮，我能明顯感覺到身體恢復的力量，最讓我難受的頭痛在慢慢消退，只是不時又跑回來折磨我一會兒又逃掉；左手沒有那麼冰冷麻木了，慢慢地好像有恢復知覺的感覺。

因疫情的影響，我的病房非常安靜，除了妻子安頓好孩子後來照看我，以及偶爾來探望我的主管和同事，我大多數時間都是獨處，沒有工作，沒有接不完的電話，沒有七七八八的瑣事，只有我自己和自己思考、對話。

這是我有生之年都沒有過的一段修心時光，我回憶起很多人、很多事，我越發感受到生命的偉大和人性的多樣化。對於那天的事，我也不再回避，可以客觀地回憶，身邊的人也逐漸從不同角度向我訴說了當天的經過，短短幾分鐘的時間，造成了今天的局面。

我問楊碩醫師：「你看到歹徒對我亂砍，手無寸鐵就衝上去，你不怕嗎？」

他說：「當時沒想那麼多，就是一種本能。」

我又問：「假如再次出現這樣的情況，你還會上嗎？」

他說得斬釘截鐵：「會！」

他看不了這種打殺的行為，也聽不得絕望痛苦的慘叫。

我用恢復較好的右手緊緊抓住他的手，我們相視無言。

過了很久，我又見到當天為我擋刀的患者家屬田女士以及捨身將我搶救到診療室的護士陳偉微，她們的第一反應是先安慰我，完全沒有覺得自己當時的行為是多麼勇敢與偉大。陳偉微就像她的名字一樣，細微的偉大，她把她領到的六千元（人民幣）見義勇為獎金悉數捐給了盲童，這就是平凡人，我們都如此相同。

正是因為身邊這些人的影響和觸動，我決定接受媒體採訪，希望能盡自己一點小小的力量，不管是對醫護安全的呼籲還是對盲童的救扶，或者是從這件事上帶給大家一些正面的思想引導，都可算作一個平凡人的善舉。

在接受幾家媒體採訪的同時，我看到北京市首次立法保障醫院安全。在我剛剛發出呼籲的當天下午，就得到三位民主黨派人士向中國人民政治協商會議上交提案的消息，並且在十五屆全國人民代表大會常務委員會第二十二次會議上表決通過《北京市醫院安全秩序管理規定》，從二〇二〇年七月一日起正式施行，北京所有醫院都將建立安檢制度。

突然間，我身上多了一層更深層次的使命感。

既然世界可以無紀律、無原則地用榴槤吻我，那我就只能有組織、有計劃地把它做成披薩了。平凡的我也想透過自己這點微不足道的影響力把自己的價值發揮到最大，想讓更多的人看到人性的善良，讓更多的病患得到救治，讓更多對生活迷茫和抑鬱的人感受到生命的意義，讓更多從醫或者打算從醫的年輕人堅定自己的夢想。

於是，我決定寫下這本書，我不想紀錄我平凡生活的點滴，而是想展現我從醫二十年來，從接觸到的形形色色患者和朋友身上以及書本裡吸收到的能量，關於善惡、關於生死、關於醫患、關於人性、關於信仰……

第二章

善惡的相對論

現實或許不像我們想像的那麼理想，
但也不像我們想的那麼低劣，
現實就是現實。

不知道大家有沒有這種經驗，當你牙疼，身上長了癤，或者痛風後腳跟痛的時候，你會發現原本這些你從來不在意的部位突然變得格外重要，恨不得隨便一個動作都會影響到它，然後給你一擊。我們常常太過專注於我們的心思而忽略我們的身體，實則身體是一臺龐大複雜又精密計算的機器，任何一個零件一旦故障，就會影響它看似理所當然的運行。

受傷的部位開始凸顯它的存在，一下子對我的日常生活造成了超乎預料的困擾。早上洗臉刷牙、穿衣穿鞋，中午用手機叫個外送，晚上叫個車都要比平時困難。每每我看到力不從心的手臂和手掌，那上面盤根錯節的傷疤，說不恨是假的。

我恨這場意外奪去了我太多最平常不過的身體功能，讓我遭受這種日復一日的疼痛。我總會想到，這個人太歹毒了，他怎麼下得了手把我傷成這樣。但轉念間又會將它擱置在一邊，把它當作一塊石頭，客觀處理。

人性本善與人性本惡之爭，諸子百家時期就各有各的觀點。孟子力倡人性善論，認為人生來就有惻隱之心、羞惡之心、恭敬之心、是非之心；而荀子否認人性中有先天的善，他認為人性是好利多欲的，本性中並無禮義道德，一切善的行為都是後天教育和環境影響的結果。

在我幼年時期，著迷於日本動漫《聖鬥士星矢》、紅極一時的科幻劇《恐龍戰隊克塞頓》，還有中國經典名著《西遊記》，那裡好人與壞人的邊界非常清晰。孫悟空代表的正義總會不斷遇到前來搗亂的妖魔鬼怪，壞人就壞得很直接、澈底。

小朋友在談論起任何故事時，首先就會去確認哪個是好人，哪個是壞人。直到看《三國演義》，我開始有些迷糊，便會問母親：「到底誰是好人，誰是壞人？」母親說：「不要輕易拿好壞來定義別人，而要看他做的事是好是壞。」

我開始思考，對於魏蜀吳三國的任何一方，都可以將另外兩國視為敵國，他們各自有各自光明正大的身分和目的，都為天下社稷、黎民百姓考慮，那麼好壞善惡在這裡就難以輕易下定論。隨著年齡增長，我越來越能體會母親話中的意思。

•••

二〇一九年下半年的某一天，我去燕達醫院（朝陽醫院的醫聯體合作醫院）會診，這是一家以血液病治療為特色的專科醫院，院內的血液病患者體質虛弱，尤其是在骨髓移植後，如果外出就有感染的風險。

當結束會診準備回朝陽醫院的時候，我嫌電梯來得慢，就選擇走樓梯下去。從樓梯的窗戶往下看時，正好看見樓下有幾個人正在樹下乘涼聊天，他們身後的一個中年男子正將手從背後伸到其中一個人的口袋裡。

仔細一看，這個中年男子我認識——他是我一個小患者的父親，他女兒十六歲，在做完了白血病骨髓移植手術後，因為長期使用激素，引起了白內障，需要置換人工水晶體。

為了替女兒治病，他幾乎已經變賣了所有家產，生活一貧如洗。因為孩子還小，如果用傳統的單焦點水晶體，做完手術後就會變成老花眼，看書得戴老花眼鏡；而多焦點水晶體價格昂貴，一枚需要上萬元（人民幣）。我知道他家境困難，所以當時聯繫廠商為他女兒捐贈了兩枚水晶體，之後手術很成功，她女兒現在讀書看字完全不需要戴眼鏡。知道他的窮困狀況，看到此事，說實話，我心裡五味雜陳。

過了三、四天，我在醫院六樓的手扶梯口，看到一個老太太在下電扶梯的時候摔倒了，當時電扶梯還在滾動，老太太躺了半天爬不起來，痛得直呻吟。這時也正是那個曾經偷錢的男人，衝上去二話不說就把老太太背去了急診室。

我問急診科室的護士他有沒有向老太太家屬索要酬金，護士說並沒有，安頓好後他就離開了，這件事給我的觸動一直徘徊在我心中不能平息。很多時候我們選擇站在道德制高點，在衣食無憂、生活安定、有穩定生存保障的情況下去評判他人是好是壞，我們以善惡武斷定義他人，而事實上我也經常問自己，如果有一天我也窮困潦倒到沒有任何經濟來源的時候，我會廉者不受、嗟來之食嗎？

人性複雜，善惡總是一念之隔，現實或許不像我們想像的那麼理想，但也不像我們想的那麼低劣，現實就是現實。

我一直崇尚善念，這是從醫者必備的品行基礎。在我從醫的經歷中，我看過太多令人感動的事情，比如薇薇家人的善舉。

薇薇是一個瘦小的八歲廣西女孩。她很幸運，因為骨髓移植很成功，治好了白血病，保住了性命；但她又很不幸，因為白血病導致了免疫系統引發的眼部疾病，這種病毒性疾病使她雙目失明，最好的治療方法就是向眼球內注射藥物，每週一次，連續六次。可是因為年齡小，注射時需要全身麻醉，每次麻醉都會有額外的一千元（人民幣）費用。

小女孩拉著我，非常焦急地告訴我她不用全身麻醉，骨髓穿刺的時候她經歷過很多次，她可以的。而這一切，只是因為她想把錢省下來給弟弟上學用。

後來薇薇的眼睛恢復了部分視力，她的媽媽和一位學校教師帶她參加了由中華少年兒童慈善救助基金會舉辦的白血病骨髓移植術後兒童繪畫比賽，繪畫的題目是「我的世界」。在別的同齡兒童眼中，他們的世界是遊樂園、是蛋糕、是動畫；而薇薇的眼中，她的世界是醫院，所以她的作品就是打點滴、手術。但是她仍然用五彩的蠟筆繪出她在醫院中所見的一切，原本灰暗的世界在她的畫中變得鮮活，最終獲得第一名的薇薇得到了五千元（人民幣）獎金。

正是這樣在生存邊緣掙扎的貧困家庭，他們從五千元的獎金中拿出一千元，捐給了素昧平生的天賜。天賜是我提及多次的一個小患者，他患有視網膜母細胞瘤（一種兒童惡性腫瘤），兩歲就摘除了一隻眼睛。為了保住另一隻眼睛，他的父親在接下來的十幾年裡漂泊在北京。為了給天賜看病，他住橋洞、睡公園，靠著在火車站替人拉行李和送報紙賺點微薄收入來支撐自己和兒子的生活。

然而在我出事後，天賜的父親又把這一千元轉給了我，全家人為我揪心痛哭，希望我能收下。這種善舉，數不勝數，正是因為在這些善念的感染下，我一直活在人性本善的思想中，我對每個病人都盡心盡力，我相信我換來的也將是真誠相待。

直到這件事發生，我開始有了一些不同的思考。

說實話，我對他的不解遠大於恨，我只是接受不了我問心無愧的付出為什麼會引發他如此大的仇恨。我的女兒在我受傷後，連著好幾天都無法理解自己的爸爸為何會被人砍傷，難道是爸爸做錯了什麼嗎？她好幾天夜裡說夢話都在重複這個問題。

直到警察機關和院方逐漸瞭解了他的背景，我才有些理解。他是北京遠郊的一個農民，與父母和兄弟姐妹早已斷絕來往，生活本就困苦，眼睛又患有持久性無法根治的病，求醫之路艱辛且漫長。可能他的心態也在這個過程中逐漸扭曲，直到我替他治療完，他澈底絕望、試圖輕生，而我就是他的陪葬者。

在我被砍傷後，偉微將我搶救到診療室，他提著刀仍在四處尋我，被他嚇得驚愣無措的患者愣在那裡，他說：「你放心，我不砍你，我就要砍死這些醫生。」這是後來聽當時在現場的患者說的。可見在他漫長痛苦的求醫之路上沒人在乎與拯救他逐漸扭曲的心理，從而導致他變成一個偏執的殺人狂魔。

在我看來，「善」與「惡」就是人性中的兩個面，像一枚硬幣，人生下來就具有這兩種特質。善讓我們去愛、去付出、去幫助、去成就，而惡讓我們去恨、去嫉妒、去索取、去傷害。

善與惡是相對而論的，完全的「善」會把人變得軟弱，完全的「惡」會將人推向地獄，只有將「善」與「惡」的標準與底線確立，才能構成一個和諧的自我。於我而言，我選擇不將自己埋在仇恨裡，並不是我「善」，而是我清楚地知道，我不能用他的「惡」來「惡」自己。如果我將仇恨埋在心裡，那麼我勢必會生出報復、怨恨的心理，那對我來說是對自己的折磨。

但是我不會對他「善」，就如同媒體採訪我時問：「如果時間重來，你還會為他診治嗎？」我的回答是絕對不會。醫生也是人，醫生將善良作為品格的基石，但不能是佛陀，以肉養虎，以善待惡，那麼無形之中是助長了「惡」的勢力。以德報怨，何以報德？以德報德，以直報怨。法律應對「惡」給予懲罰，人們應抵抗「惡」，那麼才有可能實現「善」普天下，我希望我是最後一個被傷的醫生。

這件事帶給我的更多是，我的「善」是否足夠博大或深沉。我曾經一度以為只要我全心為患者醫治他的痛苦，那麼我就做到了心中的「善」。然而，當我躺在ＩＣＵ病床上聽到歹徒是他時，我除了巨大的不解外，還有一份自我懷疑：我醫治了他的眼睛，卻沒有醫治他的心；我瞭解了他的病情，但沒有瞭解他的人生。如果我當時能體會他的處境，給予正面的開解，是否就會化解了這股惡氣？

「為善如負重登山，志雖已確，而力猶恐不及；為惡如乘駿馬走坡，雖不加鞭策，而足亦不能制。」為善從來不是一件易事，不僅要堅持善良的初心，同樣也要有明智的頭腦以及機智的行動。從這一點來看，我的「善」在他眼裡並不是「善」，而是偽善，那麼我就缺乏了明智。我希望在我未來的從醫道路上，我能多一些智慧，辨識善惡，以機智的行動去從善。

在病床上的時候，除了回憶一些曾經的生活片段，在我腦海中閃過最多的是患者的臉龐，而且全部是患者的感謝以及他們對抗病魔時的堅強模樣，不知道為什麼，我都會覺得特別感動。

按理說，我救治了他們，他們感念我的「善」，這很正常，為什麼反而是我感動於他們對我價值的肯定以及善良的回贈？這是他們的「善」，這種「善」的力量十足強大，讓我從懷疑、委屈、怨恨的「惡」的心念中走出來，而這可能才是我感動的真正原因——「善」終歸會戰勝「惡」，這是人性的光輝。

佛家所云積德行善，耶穌宣導珍愛世人，行醫所謂懸壺濟世，不外乎都在說一個「善」字。行善積福並非迷信，從科學上講，行善的人往往心胸寬廣，行事坦蕩，自然不易被太多煩惱所困。心無煩惱自然清爽，身體就會比他人康健許多。並且相由心生，和善的人面目平和，不易動怒生怨念，不易愁眉苦臉，長得自然端正一些，在他人看來也比較容易親近，比較可愛。再者言傳不如身教，行善的人無形中會感染周邊的人，尤其是孩子，很容易有樣學樣，有個行善的父母或師長，就能為孩子樹立一個正面的榜樣。

療傷這段時間，我決定放下這件事和這個人在我身上所做的「惡」，我想用我這段慘痛的經歷換取更多人的注意。如何以「善」待「惡」，就是讓作惡的人付出應有的代價，接受應受的懲罰，促使相關法律制度的完善，讓「惡」無處發作。而「善」是對自己，我想用我做個例子，讓大家看到，外界對自己已經夠「惡」，而自己要對自己「善」，這樣才能讓自己活在陽光下。所以我決心要繼續致力於公益，不僅是因為那些盲童可憐的命運讓我同情，更多的是我想聚集更多的「善」，彼此成就。

公益之路非常艱辛，我需要面對太多的質疑、冷眼和不解，初心放在最大的誘惑和最深的傷害裡才能檢驗其珍貴——我不是神，但願意繼續發出我的微光。

火眼金睛

艾蒿長遍平靜的湖畔，
甘甜，
肥美，
是鹿群的最愛；
蛇也潛伏其中，
尖利的牙齒，
釋放毒素，
麻痺鹿的喉嚨；
悄無聲息，
小鹿緩緩地倒下，
雙眼瞳孔散大，
他看見了，
粉紅色的芯子，
那條蛇蜿蜒曲折；

他想起了，
上次同伴倒下時，
也是一般模樣；
他明白了，
殺害他的，
不是蛇的毒牙，
是僥倖，
還有毫無防備的善良。

第三章

一個醫生的生死觀

“恐懼應該是活著的警示，而不是枷鎖。”

在我七歲那一年，外公去世了，那是我第一次真正面對一個人的死亡。

外公愛吃辣，所以經常自己熗辣子，時間一久得了慢性支氣管炎，終年咳嗽。他和家人也沒有將此當回事，一直拖成了肺心症，最終不治而亡。

他離世的那個晚上，父母帶著我還有其他舅舅、姨媽一直守在他的身邊。外公全身浮腫，呼吸困難，由於無法排出肺裡的痰，大姨就試著將手伸進他的喉嚨裡摳。外公那時已無法說話，但能感覺到他非常痛苦，直到大半夜，外公最終還是停止了呼吸。我當時非常害怕，看著大人們哭得撕心裂肺，我完全不知道死亡意味著什麼。

一直到外公離開大半年後，我才終於意識到——外公再也回不來了，他被埋進了土裡，澈底離開了我。那時我非常難過，覺得死亡太過可怕，如果人永遠不死，那該有多好。

因為母親在新華書店工作，所以放學後我經常待在她的書店裡看書。關於死亡，我看過很多種不同的描述——東方神話裡會說六道輪迴，死後會被黑白無常帶去陰間接受閻王審判；西方故事裡則說人死後，會根據其生前的評斷變成天使或者魔鬼——這些都讓我對死亡心生畏懼。

我問母親，人為什麼會死，死後會去哪裡。母親可能也不知道如何對一個七歲的孩子解釋這件事情，便跟我說了「莊周夢蝶」的故事：「古時，有個了不起的人叫莊子。有一天，他做了一個夢，夢見自己變成了一隻特別大又非常漂亮的蝴蝶，在鳥語花香的大草原上飛舞，他覺得幸福極了。但突然間，一隻大鳥向他衝來把他吃了，他猛然驚醒，渾身發冷，止不住地回味剛才的夢境，難以自拔。他就想，這個夢這麼真實，在夢裡我是蝴蝶，死後我醒來，那麼到底是蝴蝶在夢中變成了我，還是我在夢中變成了蝴蝶？」母親的故事讓我一下子釋然很多，我想外公一定是在另一個世界醒來了，他有可能也變成了蝴蝶。

未知生，焉知死？

我長大以後，開始能夠淡然地看待死亡，尤其上了國中以後，開始學習物理、生物，發現生命就是一個有機體，有生便有死，這是非常正常的自然法則。但我一直不太確定，是否人死後真有靈魂這麼一說，至今在科學上也無法解釋。比如某些靈童事件裡，一個小孩突然變成了成人的語氣，會說好幾國的語言，周邊人也常像煞有介事地講一些靈異事件。對此，我心生疑惑，我不確定這到底是迷信故事還是科學尚未觸及的更深層次領域，生命終結以後，是否真的會以另外一種不同的形式存在於另一個時空……到底生命是怎麼來的？一顆肉眼都看不到的受精卵居然可以成長為一個活生生的生物，並且遵循著標準的規律，大自然真的太神奇了。

上大學以後，我需要養小豬、小兔來做試驗，手裡毛茸茸的小生命像一個玩具，就算我把牠的所有零件（器官）重新復原，牠也不會復活。那到底是什麼在支撐這個生命的運行？我對此充滿好奇和敬畏。

醫學能否在某一天實現真正的突破，解釋生命起源的本質問題？如果人的大腦是一臺高速運轉的電腦，那麼未來是否真的可以像科幻電影裡那樣，將大腦破譯、複製，實現永生？

我讀了哈拉瑞的《人類大歷史：從野獸到扮演上帝》和《人類大命運：從智人到神人》，他在書中大膽地預言，未來人類將退場，永生人將會統治世界。他說現在已經有科學家實現了用電腦去解析大腦運算規律並加以控制。

他們在一隻老鼠身上做試驗，老鼠戴上頭部儀器後，可以像木偶一樣被人類操控，而牠自己渾然不覺，以為是自己發出的行動指令。哈拉瑞還說情緒也是受大腦控制的，如果是技術的問題就一定可以用技術解決，未來不用再擔心抑鬱症，因為人們可以透過改寫大腦資料讓人馬上開心起來。書中有太多大膽的假設，比如人類可以訂製基因、訂製情緒，可以存儲和刪除記憶；幾千年來人類面臨的三大問題——饑荒、瘟疫和戰爭——在未來也將不復存在；在人們沒有任何意識的前提下，一場資料之戰已然結束，並且會完全刪除存在過的痕跡；信仰也將會被重新構建，現在的宗教與死亡密不可分，未來死亡將會由人來控制。

我對他的預言半信半疑：信的是科技將會以冪次方的速度發展，在生物科技、人工智慧的不斷演進下，很有可能會出現我們設想不到的新社會；疑的是如果人類真要這樣發展，那麼終點一定是毀滅，那我們發展的意義又是什麼，有什麼樣的方法和途徑可以取得兩者的平衡？

• • •

因為經常思考，我開始能淡然地看待死亡，並不是我不怕死，而是我覺得死亡的恐懼所帶來的負面影響遠遠大於死亡本身。

有媒體問我，在被砍傷之後，有沒有想過自己有可能會就此死去，我的回答是沒有。確實，即便在ＩＣＵ時我也沒有想過。我也不太清楚為什麼我會這樣，追溯起來的話，也許與我的職業息息相關。

有一種疾病叫心理、生理疾病，比如青光眼的患者往往是那些易怒、情緒起伏較大的人，在這種心理的驅使下，很容易罹患相關的生理疾病。心理對生理的影響遠大於我們的想像，如果一個人不停地暗示自己患有某種病，那麼有很大機率他真的會罹患這種病。所以在我從醫後，我沒想過死，也可以說沒有害怕過死，對死亡過分恐懼，會讓一個人在生死時刻慌亂陣腳。我想這次我能夠從如此大的劫難中死裡逃生，可能也正是因為這種心態——所謂向死而生，也許就是這個道理。不懼怕死亡，反而能抓住一線生機。

• • •

朝陽醫院眼科開始推廣眼角膜移植手術，我所在的一個器官移植捐獻群組裡隔三岔五就會有動靜。其實這個群組一有動靜，我的心情就不由得五味雜陳。一方面，我希望有人捐獻器官，這意味著等候的患者有了希望；但另一方面，每一個新捐獻者的出現都代表著一個鮮活生命的逝去。打開捐獻單，看到的是一個個二十歲出頭的年輕生命，由於車禍等突發原因離開這個世界，腦海中總是會浮現出他們新婚愛人的淚水，白髮蒼蒼父母的哭號……死亡，有時就近在眼前。

人類對死亡的恐懼是與生俱來的，也正是對死亡存有恐懼，才使得人類得以長足發展，但恐懼應該是活著的警示，而不是枷鎖。

七年前，我曾和我的德國導師 Jonas 教授夫婦一起去內蒙古最西部的額濟納旗進行近視眼的考察。師母是印度人，為人親切善談，信奉佛教，在我們談起生死這個話題時，她跟我說了一個她親身經歷的故事。

小時候她由奶奶扶養長大，所以和奶奶特別親，奶奶病故後，她十分難過，日日痛哭，不思飲食，感覺身體到了一個瀕死的狀態。那時她每天都會做一個相同的夢，夢裡她獨自一人穿行在一個漆黑的隧道中，沒有光線也沒有聲音，她只能往前走，在盡頭處她看到一扇漆黑的鐵門，很厚、很高。她在鐵門前害怕極了，但她不敢推開，她擔心門後面會是有著烈火和猛鬼的地獄，她在門前猶豫不決，忐忑難安。

這個清晰的夢境每夜都會出現，但她始終沒有勇氣推開那扇門。直到有一天，她做足了準備，終於把鐵門推開，她發現門後只不過是如常的黑暗，除此之外什麼都沒有，自那以後，她就再沒有做過這個夢。所以她只是被對死亡的恐懼所困，而死亡本身其實並沒那麼可怕。

有一些人從生下來就畏懼死亡、憂慮未來，年紀輕輕就設想自己老了以後會如何悲慘，其實這是一種人生的浪費。

法國思想家蒙田（Montaigne）說過，生命的用途並不在長短，而在我們怎樣利用它。在ＩＣＵ期間我想起我的一個同行，他叫王輝，也是一名眼科醫生，在同仁醫院工作，可惜，他在三十二歲那年突發心臟驟停去世了。

參加他的葬禮時，我在他的遺體旁久久沉默，有一種說不出來的遺憾和心痛，腦中全是他生平的鏡頭：他是一個特別開朗風趣的人，參加過北京衛生系統組織的演講比賽，臺風極好，當時他手裡拿著一隻小熊，模仿幫小朋友看病時的可愛模樣，逗得臺下的觀眾哈哈大笑。此刻，一動一靜，形成明顯的對比，看著他平靜冰冷地躺在那裡，我突然覺得生命是如此渺小和脆弱，眨眼間便天人永隔。

那個時候，我希望這世上能有靈魂，希望王輝能以一種我們看不見的形態看到我們，他會欣慰他的一生帶給他人留下了這麼多美好的回憶，有這麼多人在為他遺憾和難過。

莊子在妻子死後鼓盆而歌，對他來說，妻子在生之前不存在，死後也不存在，所以生死並無太大區別，所謂「齊死生」。我達不到莊子的境界，但我可以從他的思想裡找到一些安慰，人生短短三萬多天，大家的結局都是相同的，但過程卻完全不同，人在這世上走一遭，過程遠遠重於結果，而這個過程的意義就取決於自己的價值觀。

孔子曰：「朝聞道，夕死可矣。」這個「道」大概就是人生的意義。其實古往今來，東西方無數哲學家、思想家都在不斷追尋人生的意義——人在世上走這麼一趟，到底是為了什麼？怎樣過一生才顯得更有價值、更有意義？德國哲學家尼采窮盡一生探索答案，但直至最後也未能如願。

老子在《道德經》的開篇就說：「道可道，非常道；名可名，非常名。無名，天地之始；有名，萬物之母。故常無欲，以觀其妙；常有欲，以觀其徼。此兩者，同出而異名，同謂之玄，玄之又玄，眾妙之門。」

他認為「道」即宇宙循環的規律，名不過是人為萬物的命名而已。從地球向外無限望去，太陽系、銀河系，還有幾億個比銀河系更大的星系與星雲，根本沒有盡頭；從一滴水望進去，有細菌、單核細胞、細胞核、DNA分子、電子……也沒有盡頭。

整個世界是一個巨大的無限生命體，所謂「一沙一世界」、「六合如塵埃」大概就是這個意思。所以，死亡可怕嗎？並不可怕。作為塵埃的我們，有幸來此世間走一遭，重要的是你的過程和感受。

對我來說，我的「道」就是我的事業，我熱愛它，它也能帶給我愉悅和價值感。人生的意義是難以找到精準答案的，既然這個問題是無解的，那不如與自己和解，在我們的有生之年從事自己熱愛的事業，和自己喜歡的人在一起，大概就是活著的意義。

很慶幸，我找到了我熱愛的事業，我把它當作我的信仰，從中找到我的快樂。

有一個記者問我：「假如你的生命只有七天，你會如何度過？」

我想，我會選擇讀書，讀哲學書。

之所以有這個答案，是因為我的一位患者。她姓耿，二〇〇三年非典期間，我在人民醫院白塔寺院區認識了她，那時她剛考上北京的大學，卻因為第一型糖尿病眼睛出現了問題，那段時間她病情較為嚴重，住在醫院裡靠藥物和儀器來維持自己的生命。有一天，我看到她在走廊上看書，就很好奇地問：「妳眼睛都這樣了，還讀什麼書？」

她笑了笑說：「讀書會讓我放鬆，忘記一些痛苦。」

此後沒幾天，她就去世了。

她的離開給了我很大的觸動，那時我也不過二十多歲，感覺人生才剛剛開始，而她就這樣驟然離去了。在別人眼中，她實在太不幸了，可是在她自己心中呢，我不敢確定。

我覺得人生的價值不在於別人的評價，而在於自己的接納。我之所以想讀哲學書，是因為哲學會給我力量，讓我對很多東西有了不同的理解。在生命結束之前，我想深入理解這個世界，坦然接納自己的離開。至於死後，我的葬禮如何，埋在哪裡，別人如何評說，都不重要了，重要的是，我覺得我活得值即可。

痛與希望

醫院的大門敞開，
有身患重疾的老者，
也有哇哇啼哭的嬰孩，
他們經過了徹夜排隊的等待；
就診大廳裡，
燈光明亮，
志願者，
提供著麵包和牛奶；
這棟大樓，
充滿了細菌、病毒，
還有射線，
每一個走廊的盡頭，
都是冰冷的角落；
角落裡，

一位白髮蒼蒼的老人，
推著輪椅，
因為接老伴出院，
他的臉上露出微笑；
搶救室外，
撕心裂肺的哭聲傳來，
因為突發的災難，
奪走了她的摯愛；
逝者的角膜被捐獻，
移植術後，
兩個孩子，
重新看見花朵的鮮豔；
手術中，隨時會出現意外，
家屬等待的過程，痛苦難耐；
但我們不要忽略，長情的陪伴，
無影燈下，廢寢忘食的醫生，也有他們的家人在期盼；

疾病的折磨實在無法忍受，
祈禱疾病能被完全治癒；
我們想盡辦法，
但疾病有時被治癒，常常是幫助，總是在安慰；
藥物的說明書長篇累牘，
副作用的描述讓我恐懼，
我們總是在利弊權衡下，
科學地使用藥物，
焦慮、煩躁、絕望，
痛苦積聚，彙集成黑暗；
面對、解決、放下，
翻開黑暗，是希望與愛。

第四章

熱愛，自有萬鈞之力

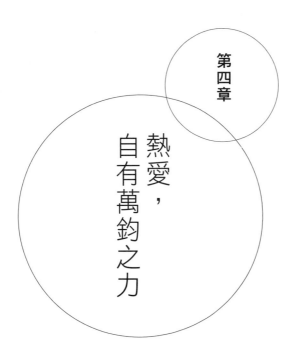

"這裡充滿著病痛、難過和焦慮，
但這裡也同樣生長著愛和希望。"

二十多年來，我只從事過醫生這一份工作，我一大半的時間都是在醫院度過的。我有時也會好奇，從事別的工作是什麼樣子，他們會有什麼煩惱或者喜悅？是什麼讓他們每天充滿熱情地投入這個城市，會和我一樣嗎？

如同我對別的工作一樣好奇，周邊的人對醫生這個職業也充滿好奇，好像穿上白大褂、戴上口罩的我們就變成了另一個神祕物種。李潤總是問我，你每天都在做什麼，有什麼有趣的事，我總是哭笑不得，不知如何回答。

其實，醫生大多數時間都是在不斷重複相同的工作——坐診、手術、巡查病房、回答問題——其實和多數人的工作沒有什麼太大不同，只是多數工作都會有一個接觸範圍，日常接觸的人都在同一個領域，而醫生不同，凡是人就會生病，所以醫生會接觸到各式各樣的人。從醫二十多年，粗略估計，我看過的病人應該有十萬人了，其中絕大多數的人我都已記不太清，我治療了他們，他們也成就了我。

電視中總會把醫院場景拍得特別美，醫護人員都是俊男美女，精神抖擻，實際上大家都去過醫院，大多數醫院的辦公環境非常老舊，人頭攢動，聲音嘈雜，像一個逃難的火車站。

醫院對於大多數人來說都是一個不好的地方，這裡充滿著病痛、難過和焦慮，但這裡也同樣生長著愛和希望。醫院是一個社會的縮影，也是人性的放大鏡，這裡有很多讓人心痛難忍的悲劇，也有很多可歌可泣的動人故事。

每個人在疾病面前都是平等的，沒有誰能代替誰去承擔病痛，在健康面前，所有的金錢名利、社會地位都要往後站，所以，有時我感覺自己像一個記者——透過疾病去瞭解一個人，透過一個人去觀察一個群體和社會。

我見過太多因工作忙碌到沒有時間休息的人，然而當疾病來臨時，所有的忙碌都不得不停下來，這就是疾病的威力。就像這次疫情，瞬間讓整個世界都緩了下來，大家不得不面對一個問題——原來所有的理想與抱負在健康前面都是那麼脆弱，我們大多數人都擁有著一筆可觀的財富，那就是健康的身體。

我曾經在醫院見過一個妻子得了絕症的男人，當醫院宣布澈底沒有希望的時候，男人崩潰了，他從包裡掏出一疊一疊的鈔票拋散到走廊，發瘋似的哭喊道：「錢有什麼用？都是因為錢，讓我家破人亡！」那一刻，周圍所有的人都沉默了，靜靜地看著他，但又無能為力。我想所有看見這一幕的人都會被深深觸動——錢和健康到底哪個更加重要？

我也見過深夜趕到醫院急診的農民，病重得很厲害，他本身就有高血壓，不能太過勞碌，當我和他說要多休息時，他跟我說：「沒辦法啊，我休息了，我家人就沒飯吃了，我的孩子就沒辦法上學了。」

我說：「那你也不能犧牲健康去賺錢啊。」

他沉默了一會兒，回覆我說：「醫生啊，如果我拿身體能換家人衣食無憂，那我換。」

當時，我真的無言以對。所以健康和愛比起來，哪個更重要呢？

醫生就是這樣的角色，我們總能看到人世間太多令人動容的故事，其實也正是因為這種經歷，大多數醫生都將物質看得比較淡。有記者報導我捐錢給患者，其實，大多數醫生都會這麼做，因為我們接觸到的是和生命相關的事情，在生命面前，其他一切都顯得不那麼重要了。

做醫生是非常辛苦的，尤其是剛從業的年輕醫生，技術和能力還沒有那麼成熟，面對複雜的病症會感到焦慮和害怕；再者，年輕醫生往往不被患者信任；門診量大，還要值夜班、查病房，常年無休，在這樣的重壓下，收入卻很微薄，和從事其他工作的同學相比，內心的衝擊和落差感可想而知。很多年輕醫生往往在這個時候選擇了放棄，我們現在的社會環境對年輕醫生是苛刻的。

我記得自己剛從醫時，受過太多患者的質疑，太過年輕導致的不信任感讓他們即便是一個小病也會反復提出疑問，或者用從別處聽來的意見考問我，若是嚴重一點的病，那直接就不找我看了。所以我很能理解剛從醫的年輕醫生的處境，在這樣的環境下，他們容易產生更大的自我懷疑，這個時候若是出現一點失誤，更會讓他們陷入一種常人無法想像的壓力中。

美劇《良醫墨非》（The Good Doctor）裡就有這樣一幕：一個年輕醫生接診的患者最終搶救無效去世，年輕醫生自此陷入一種無比自責的情緒中，從而產生了巨大的心理陰影，甚至讓他無法再繼續從醫。

現實中，幾乎所有的年輕醫生都會遇到這種情況——第一次面對自己無法治癒的病症，第一次眼睜睜看著患者在自己面前不治而亡——這是其他職業無法想像的無助和自責。即便這和醫生無關，但年輕醫生還是會不斷地回顧自己的治療過程，不斷地暗示自己，如果當時這麼處理，會不會有不同的結果？但生命不是一項試驗，從來沒有推翻重來的機會，那麼也就要求醫生必須擁有強大的心理素質和正向的自我解惑能力了。

我曾經問過一個朋友：「如果你需要動手術，你會選擇年輕醫生嗎？」

他說：「當然不會。」

我又問：「如果人人都不選擇年輕醫生，哪裡來的老醫生呢？」

他想了半天，才感慨道：「是啊，老醫生也都是從年輕醫生過來的。」

所以我也經常鼓勵年輕醫生，我想讓他們膽子大一點、臉皮厚一點，但心要細一點，只有這樣才能在這條路上走下去。我也想呼籲社會給予年輕醫生多一些機會、多一些理解，他們需要被肯定和鼓勵，也需要成長和積累。希望年輕的醫生不要輕易放棄，想學醫的孩子不要被困難嚇倒，醫生是極有價值感的職業，值得你們加入。

相比其他工作來說，醫生的價值感來得特別直接，一個病人在自己的手裡康復，這種價值感比任何榮譽和金錢都更珍貴。很多從事商業工作的人經常和我說，不知道自己每天忙碌的意義是什麼，感覺自己像公司的一臺賺錢機器，即便自己離開也對公司毫無影響，完全找不到自己的價值。

我以前不明白這是什麼樣的感受，現在我懂了。就像我的工作，真的單單是為了賺錢嗎？隨著年齡的增長，我越來越覺得這份職業於我而言脫離了金錢的束縛。我越來越覺得穿名牌、吃大餐、開好車、住豪宅這種生活沒什麼意義，穿得得體舒服，有一個溫暖的家，能吃到街邊美食一樣可以過得很開心，而工作帶給我的價值感，卻是這些物質所無法取代的。

透過自己的能力和選擇打敗病魔，拯救一個人的身體，挽救一個家庭，這種價值感是無與倫比的。我特別喜歡參加醫療公益活動，走進偏遠山區為那些貧苦的百姓看病。他們的病往往不會太過嚴重，但因為沒有錢和相應的醫療條件而耽擱了，公益活動無關金錢，就是單純地為他們看病。當患者在我手裡重見光明，他們臉上激動的表情會讓我忘掉所有的困難。

除了醫生，醫院裡的護士、行政人員、後勤人員、科研人員、看護人員、志願者等等，我相信每一個在醫院工作的人，內心都會有大愛。

有人說，醫院裡的人見慣生死，早已變得冷漠無情，其實不然，正是因為見慣了生死，我們才更加看淡一些表像的東西，而生命才顯得更加可貴。

這次我遭遇意外，除了救治我的醫生外，還有好多名護士在照看我，她們大多是年輕的女孩子，也和其他女孩一樣愛美，但選擇了這行後，她們終年穿著白大褂，戴著厚厚的口罩和護士帽，不能化妝，不能穿漂亮的衣服。她們與細菌為伍，日夜顛倒，照顧著各種老弱病殘者，有時候還會遭到刁難和打罵，收入卻很微薄，然而她們始終堅守在這裡，她們圖什麼？

其實很大程度上也是來自於價值感。平時我常和護士們聊天，其實她們自己並沒有察覺，她們的話題多數時候是圍繞著患者的，雖然也會抱怨辛苦，埋怨患者不理解、難侍候，但患者一旦出現什麼問題，她們會第一時間放下一切衝上去。

這些女孩平時嘻嘻哈哈的，其實內心都有一股俠氣，這次疫情爆發後，看到那麼多年輕的小女孩一個個主動請戰上陣，那個場面真的讓我更加確信，這些90後、00後的年輕醫者並不像大家想像中的那麼嬌貴，他們依然像我們這批人一樣，擁有著火一樣的從醫信念。

很多人覺得從醫的人會有潔癖，事實上完全不是這樣，因為從醫者根本沒有那麼多時間去講究這些。他們普遍都俐落乾脆、雷厲風行，和疾病長時間的鬥爭讓他們養成了像戰士一般的行事風格，這也是為什麼好多患者覺得醫護人員沒有耐心，其實他們是想用最簡單、最有效的方法提升治療效率，在繁忙嘈雜的醫院裡，沒有這份果斷是很難給患者安全感的。

醫生的家庭會格外忙碌，如果夫妻中有一方是從醫的，那麼另一方基本就要承擔起家裡的所有事情了；如果雙方都是從醫者，那麼家，基本就變成了宿舍。我身邊好多同事都是這樣的情況，家裡的大小事情、老人孩子，他們根本無暇照料，因此喪失了很多普通家庭應有的天倫之樂。所以從醫者的家人們也很偉大，正是因為有這些背後的支援，醫者才能專心地投入事業中。疫情期間，每每看到那些前線醫生的孩子們表達對父母的想念，總讓我內心特別愧疚——這些年，我虧欠家人的實在太多太多。

每個人都有自己的事業，都在自己的崗位上努力著，為了背後的家人，為了自己的夢想。醫生其實沒有那麼偉大，但醫生這份職業卻值得被尊重——醫生自己對這份職業的尊重，會讓自己的從醫之路更加堅定；外界對醫生的尊重，會讓醫者之路更加寬廣。

第五章

所謂少年氣

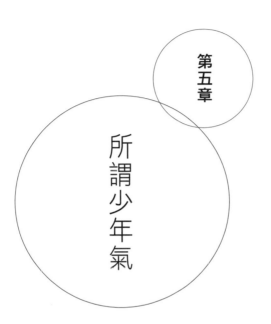

“世界如此美好，值得我走這一遭。”

在接受完魯豫的採訪後，魯豫對我的評價是，身上有股四十歲的人少有的「少年氣」，也有媒體說我是一個醫學領域的理想主義者，我微博的粉絲們更是親切地稱我為「陶三歲」，好像在很多人眼裡，我就像一個小孩。一方面是朋友們的過度寵愛，對此我有些受寵若驚；另一方面，或許是因為我身上真的有一顆童心吧。

童心是什麼？像孩子一樣天真，面對傷痛，哭過以後就忘記了？我想並不是，很多人一生都難以走出童年留下的陰影。像孩子一樣善良？然而人性本善還是人性本惡，本就是一個難解的悖論。一個不受任何教育和約束的孩子，他能否真的保持善良，像其他孩子一樣樂觀？也不一定，很多孩子天性就比較內向膽小。

於我而言，童心大概就是對世界萬物充滿好奇，遵循自己的內心去做事，容易在一些小事上找到快樂，不會長時間陷入一種憂鬱的情緒中。

好奇心是人類與生俱來的一種能力，如果沒有好奇心和純粹的求知欲為動力，就不可能產生那些對人類和社會具有巨大價值的發明創造。好奇心對於一個人一生的成長都相當重要，只是有些人在長大的過程中慢慢遺失了這個天性。

很慶幸，至今我依然對這個世界充滿熱愛與好奇。

記得很小的時候，父親帶我回鄉下的奶奶家，夏天吃過晚飯後，我們總是會搬把小椅子坐在院裡乘涼，慵懶夏夜，螢舞蟬鳴，星空浩瀚無垠。

奶奶會告訴我，月亮上面住著嫦娥，還有陪她的玉兔；北邊最亮的那顆星是北斗星，若是走夜路的人分不清方向，找到它就能找到家。

我望著星空，總覺得宇宙太過神奇，一定還有很多跟我們一樣的生物存活在某一顆小小的星星上，此刻他是否也在看著我？

奶奶總是很有耐心地回答我不斷追問的問題，問到她真的回答不出來的問題，她便摸摸我的頭：「奶奶也不知道，你要好好讀書，就知道了。」

從醫之後，我曾經研究過人類好奇心的課題，發現五歲之前，是孩子保持與培養好奇心的關鍵時期。在不會說話時，孩子就對他眼前的事物有著天生的認知好奇，他會用「咿咿呀呀」的聲音向大人詢問，如果大人能耐心地與他互動，那麼孩子就會不斷地學習；如果大人置之不理，慢慢地孩子便也不再詢問，可見好奇心完全是可以後天培養的。

我們不難發現，越是博學的人越是虛心，越虛心的人也越容易對未知的東西產生好奇，這就是伊恩．萊斯里所說的「知識缺口」——一個人對一項事物越是瞭解，越容易產生好奇。比如說，你若是和一個不懂藝術的人聊畢卡索、達文西，他會完全沒興趣，反而與懂的人討論才會樂此不疲，從而產生強大的愉悅感。

簡單的快樂，這大概是所有成年人都夢想擁有的東西，現實中多是懂得很多道理卻依然過不好一生的人。在我看來，很多人之所以不快樂，是因為他們不知道自己真正的興趣是什麼，所謂的興趣也停留在最初級的需求上。

興趣和好奇心一樣，都是可以培養的，它們的共同基礎就是知識的累積。在網路時代，好像每個人都可以輕易找到自己感興趣的東西，按此邏輯，人們應該比之前更快樂，然而恰恰相反，一項研究表明，越是資訊發達的地區，患抑鬱症的比例越高，這就是所謂的「數位落差」。

人類大腦的基礎作用是為生存而思考，當生存問題得以解決，大腦會習慣性偷懶，人們更願意去關注一些不用動腦的東西，沒有透過思考而取得滿足的需求，就很難得到長久的愉悅。

喜歡讀書、喜歡探索，喜歡和不同領域的人，包括我的患者朋友們聊天，都可以滿足我對於新知識的缺口，從而獲得快樂。曾經，我的快樂是治癒患者，當一個患者因我而重拾光明，那種快樂非常直接；後來我開始想透過科研去創造一項技術或者藥品以造福更多人，將自己的價值最大化，這種快樂更加持久。現在我突然覺得，讀到一本有趣的書，聽到一句有啟發性的話，甚至和一個能有思想碰撞的人聊天，都是非常值得開心的事。

簡單的快樂源於精神，源於對這個世界更多元的理解，而遵循內心，也並不是自私自我、不管不顧做自己，在我看來，更多的是指永保初心。我們太容易在浮躁的現實生活中迷失，被金錢名利、道義倫理、社會法則所左右，試問，你是否能堅持做一個善良、正直的人？是否能堅持自己的興趣不受其成敗得失影響？是否能堅持去思考如何成為一個有價值的人？想來，鮮少有人敢輕易給出肯定答案。

善良，是需要堅守的，而讀過的萬卷書、行過的萬里路，正是自己可以堅守善良的基石。

我的母親作為一名家庭主婦，閒暇時間總會看一些軍事頻道或者相關書籍。這個愛好看起來對她的生活毫無價值，但她非常熱衷，無關功利，更無關他人評說，僅僅是滿足她自己的內心世界。受此影響，我一直覺得能遵從自己的內心喜好從而獲得愉悅是極其可貴的，醫學對我來說也是如此。

學生時期，我經常在週末的大清早乘坐兩個小時的公車去郊外的屠宰場買豬眼，也時常一個人深夜在試驗室裡開著一盞白熾燈做試驗，或躺在床上研究一些別人看起來枯燥無味的學術理論，這些經歷的確很孤獨，但我卻十分開心。

人如果能找到一份自己熱愛的愛好，並能獨自享受，真是一份難能可貴的幸福。

可能每個人在深夜都或多或少會去思考人生的價值，人生的長度是我們無法改變的，可是寬度卻掌握在自己的手裡，如果想死而無憾，想必是回顧自己的一生，過得足夠值得。

好奇心、簡單的快樂、遵循內心這三點，造就了我在別人眼中的童心，是它讓我在遭遇這次劫難後輕鬆地走了出來，真是值得感恩。朋友問我，如果用一種動物形容你，你覺得會是什麼。我脫口而出：「海豚。」

二〇一二年的時候，我有幸到北京海洋館為海豚治療眼睛，那是我第一次近距離接觸這個有靈性的生物，牠那雙圓月般的瞳孔，瞬間打動了我。

四十不惑，聽起來那般成熟，但我仍然覺得自己還是一個年輕人，滿腔的熱血在我每天穿梭的病患、擁擠的醫院裡沸騰著。有時忙碌完一天，在深夜走出醫院大門的時候，我還會仰頭望向天空，若是天氣好還能看到滿天繁星，我會想到兒時在奶奶家院子裡的心情——世界如此美好，值得我走這一遭。

仰望星空，腳踏實地，心懷美好願景，一步步向前走吧。

旅行

生命是一場旅行，
一路都是風景，
有時也會遇到泥濘，
但更多的時候繁花似錦，
有時欣喜，
有時也會寂寞到像鴕鳥一樣把頭埋在泥裡，
看待景致，總是用眼睛，
你看，暴風雨洗禮過後，綠草茵茵，
懂得相容，
懂得萬物和生命的含義；
生命是一場旅行，
一路收穫友情，
攜手攀過高山，
並肩越過大河，

將爽朗的歡笑灑遍大地，
就算偶爾孤身一人，
背著行囊，
也要看遍烏雲散盡後的美麗；
生命是一場旅行，
一路尋找價值和意義，
鮮血塗滿荊棘，
白雪覆蓋山頂，
總是抬頭仰望星空，
卻無暇顧及每一個腳印，
何不燃起一堆篝火，
在叢林深處，
驅散濕漉漉的瘴氣，
看白色的煙霧升起，
享受這一刻難得的寧靜。

第六章

蒼生大醫

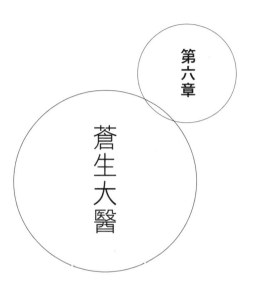

“
我走的路沒有那麼容易，
我要打的仗不是一場攻堅戰，
而是面對內心那點點滴滴的退縮和懷疑。
好像註定我就是要從醫的。
”

童年的時候，跟玩伴們一起看武俠劇，他們對武功蓋世、正義凜然的大俠們仰慕不已，而我卻對裡面的醫師們念念不忘。記得《神雕俠侶》中，楊過和小龍女身中情花之毒，為此小龍女不惜自己跳崖救楊過，那時我多麼希望有一個人能解情花之毒，不至於讓他們生離死別。

我想，如果《雪山飛狐》裡的藥王能出現就好了，他精通藥理，能治百病，一定能解情花之毒。我便學他的樣子，把家裡能找到的藥倒出來配製，什麼香砂養胃丸、利福平眼藥水、感冒沖劑、三黃片等，幻想能配出一個百毒不侵的藥。

我把它們搗碎，又加入了一些我們當地長的甘草和竹根七，加上水混合，然後放在火上烤，冷卻後把蓋子封上，在泥裡埋了一個月，結果變成一瓶黑黑、黏稠的液體。我實在沒膽量喝下去，猶豫了很久，想餵給雞，結果雞也不喝。於是我就把它倒在我家門口的一株文竹盆裡，想仔細觀察它會有什麼變化，結果一週後，文竹死了。

文竹是死了，但我對醫藥配製的熱情並沒有消退，反倒越發高漲，開始對一些民間的小偏方感興趣。我們班裡有一名同學患有癲癇，我按照偏方的指引，挖出幾條蚯蚓混合玉米粒將其搗碎，混上白礬，然後用開水沖開讓他喝。一開始他死活不喝，在我的反復遊說下才小小地喝了一口。當晚，他家的大人們跑來我家理論，父母教訓了我一頓。母親說不能信這些偏方，你若想學醫便要好好學習，才能真正地治病救人。

這些事過去了很久，但我仍然記憶深刻，現在想來有幾分可笑，但也許就是從那時起，我心裡埋下了對醫學的興趣。小時候，我身體弱，經常生病，所以時不時就要去醫院，每每去醫院聞到那股清新的消毒水味，看到紅十字標，以及那些行色匆匆穿著白大褂的醫護人員，總會肅然起敬。每一個來醫院的人，都有各式各樣的痛苦，這裡就像那些大俠身負重傷後能出現生命轉機的地方，是他們的希望。

小時候我有支氣管炎，很痛苦，一發病母親就會帶我到醫院打針。那時的我還挺勇敢的，心裡雖然怕得要死，但表面上絕對不會哭喊，我知道醫生是在救我。有一次我打青黴素過敏，頭暈目眩，感覺就像武俠片裡中毒的人一般，醫生緊急為我注射了腎上腺素和地塞米松，那時我就驚嘆醫藥真是太神奇了，它會讓人康復，也會讓人「中毒」，這其中的玄妙要多麼厲害的人才能掌握。

在我十歲的時候，母親帶我去省城南昌的大醫院看眼睛。母親的沙眼是多年頑疾，眼睛經常是紅彤彤的，總是不斷地流淚。之前家裡貧困，她總是忍著，不舒服的時候就點一點眼藥水，因為怕傳染我們，所以她的毛巾、枕頭套都和我們用的單獨隔離。

去了醫院後，我看到醫生在她的眼睛上點了麻藥，然後用很細的一根針挑眼睛上的小白點，一個一個地挑出好多白色的沙粒，而且那個沙粒很大，我看到它就有種眼睛發澀的感覺。我對這位醫生湧出無限崇敬，這些沙粒困擾了母親十幾年，在他的手裡就這麼輕易地解決了，以後母親的眼睛就再也不會疼了。

替母親治療後，醫生又拿出一根很細的針管，對我說：「小朋友，你的眼睛是不是經常乾乾的，那是你流眼淚的淚腺堵住了，叔叔幫你通一通好不好？」其實我當時根本不知道什麼是淚腺，但看了他對母親的治療後，我完全信任地點了點頭。

通淚腺是拿針管插到內眼角內用水沖刷，然後會從鼻子裡冒水，非常難受，但我硬是忍著沒有叫。結束後，醫生和護士紛紛稱讚我的勇敢。似乎從那時起，我對眼科就有了一個非常深刻的印象，所以在我大考報考志願的時候，我幾乎是毫不猶豫地報了北京醫科大學。

當時父母並不支持，可能是我姑姑和姑丈從醫，他們瞭解醫生的艱辛，所以希望我能選擇一個相對輕鬆的郵電科系。二十世紀九〇年代，正是市內電話機的高峰期，郵電相關行業欣欣向榮，從事這個職業在父母眼裡又體面、又輕鬆，不像醫生那般辛苦得沒日沒夜。

我向來是一個乖巧聽話的孩子，唯獨在這件事上，我特別固執，填完志願才告訴他們我還是堅持了自己的選擇。父親嘆了口氣，半晌語重心長地說了一句：「學醫也不是不好，但你要做好心理準備，學醫要比其他的辛苦得多，本科系就要讀五年，學出來也不一定能成為一個好醫生，還要讀研、讀博，你可有得熬啊。」那時的我年少氣盛，對父親說：「您放心，我一定讀個博士回來。」

「歲寒，然後知松柏之後凋也。」原本以為跨越大考，大學生活會輕鬆一些，真正開學後我才知道相比大考，學醫之路更加漫長艱難。在江西時我的成績名列前茅，來了北京才知道山外有山、人外有人，我的同學一半是北京的，一半是和我一樣來自天南海北的。大家一個比一個優秀，相比起來，我普通得像扔在海灘上的一粒沙。

自卑激發了我的自尊心，我暗暗替自己打氣，絕對不能淪為沙粒。

那時我的普通話不標準，我就早上起來讀報紙，聽廣播，認真練；英文口說不流利，我就加入一些英文小組，厚著臉皮開口說話；北京的同學見多識廣，和他們聊天總會顯得自己才疏學淺，於是我盡可能多地和他們討論、學習。

北大醫學部離北大未名湖不遠，我經常沒事就去湖邊走一走，高大的博雅塔屹立在那裡近百年，多少偉大的科學家、哲學家、詩人、作家從這裡誕生，它見證了中國學術界的成長與繁榮，也象徵著無論經歷多麼大的風雨，知識高塔都是不會倒下的。

從小喜歡看書的習慣讓我在業餘時間時基本上都泡在圖書館裡，「知之者不如好之者，好之者不如樂之者」，在閱讀時，我感覺很輕鬆。心情好時我會讀一些專業相關的書，心情不好時就看一些哲學的書，感覺讀好書的過程像在與一個個大師溝通，眼界、心胸會開闊很多。

大學七十四門的修習課程，遠比想像中難太多。第一學期考試，我的成績並不理想，高中時在班上成績排名前段習慣了，一下子非常不適應，大學也不再單單以成績來衡量人，反倒讓我更加失落。

很多同學開始豐富著屬於自己的大學生活，各種活動數不清，而身處其中的我卻十分迷茫，我不知道自己的理想是否能實現，如果我也就此撒手，畢業後也能混個普通的工作，然後一輩子將碌碌無為。想到此，我便後背發涼，和父親說出的豪言還記憶猶新，我果然是個庸才。

• • •

事實上，學醫路上需要克服的，更多的是學習醫學課程中的枯燥。如果不是身邊經常有親戚或朋友生病，時常警醒我學醫的初心從來不是為了成績，而是為了治病救人，說不准我也會半途而廢。

我開始重新認識醫學那些生澀難懂的知識，它們不只是停留在書面上的文字，而是活生生地存在我們的身體裡，如果連自己的身體都不瞭解，還談什麼改變世界。

此後，我不太關注別人的言論，完全把醫學當成一個愛好去探索。有了這樣的心態，我開始發現知識變得有趣了，每一個知識點不是完全獨立的，而是互相關聯、互相影響，就像這個龐大的宇宙。

我以結果為導向，深入去挖掘人為什麼會產生這樣的疾病，身體裡的細胞、器官是如何運作，是什麼讓我們活蹦亂跳，又是什麼讓我們萎靡不振，包括現下自己的所感所想，也是由大腦皮層高速運行而產生的反應，這太神奇了！

從那以後，我找到了學醫的熱情，成績也隨之提升。數學家華羅庚先生曾說過，書開始是越讀越厚，慢慢就會越讀越薄。一開始我並不能理解他的意思，直到自己不斷地紮入醫學的海洋中才發現，剛開始那些晦澀難懂的知識在真正掌握了以後會變得非常簡單。我就像打通了任督二脈，可以融會貫通、靈活應用，往往看完一個知識點就能猜到下個知識點是什麼，這種發現和成長遠比考取一個好看的分數更讓我激動。

學醫五年，前兩年半在學校，後兩年半就會跟著老師在醫院跟診，真正接觸到病人之後，我對醫生這個職業才有了真正的認識。

我們所學的知識遠遠沒有現實的病症複雜，寫考題、做實驗出錯了可以再改正，可是面對一個活生生的人，是不容有一絲治療上的偏差和失誤的。我開始對自己曾經的天真感到後怕，看著身邊的老師們在複雜的病症面前胸有成竹、泰然自若，我才真正知道，想成為一名醫生需要掌握更多的知識和實戰經驗。

在跟學的兩年半裡，我親眼見證了太多複雜病症的患者在醫生手裡起死回生、康復如初，他們眼中閃現的光叫希望，他們對醫生簡單的一句感謝，是我見過最最真摯的感動。

「凡大醫治病，必當安神定志，無欲無求，先發大慈惻隱之心，誓願普救含靈之苦。若有疾厄來求救者，不得問其貴賤貧富，長幼妍媸，怨親善友，華夷愚智，普同一等，皆如至親之想。亦不得瞻前顧後，自慮吉凶，護惜身命。見彼苦惱，若己有之，深心悽愴。勿避險巇、晝夜、寒暑、饑渴、疲勞，一心赴救，無作功夫形跡之心。如此可為蒼生大醫，反此則是含靈巨賊。」唐代著名醫師孫思邈《備急千金要方．大醫精誠》裡的這段話，讓我恍然醒悟，醫生這個職業不同於其他職業，從醫不僅僅是一份謀生的手段，更多的是一種使命和一份熱愛。

二〇〇九年我參加的公益醫療團隊前往江西樂安，為當地患者免費做白內障手術。一個寒冷的清晨，下著毛毛細雨，一隊衣著臃腫的老人踏著滿地乾枯的落葉蹣跚而來。王阿婆走在隊伍的最後面，她有嚴重的駝背，重心前移，使得她每走一步都感覺剎不住似的要向前栽倒。

看診後我發現她的眼部情況也很糟糕，她是典型南方老人的眼睛，深眼窩，小瞼裂，而且白內障的程度也特別嚴重。這樣的情況，即使放在北京的大醫院裡也絕對算是相當複雜的病例。出發的時候老師曾一再告誡，不要惹禍，複雜的不要去碰，因為你很有可能失敗。年輕醫生做這些複雜的手術風險很大，對專業性和心理承受力要求都非常高，衡量再三，我只能無奈地和當地的聯絡員說了三個字：做不了。

讓我意外的是，聯絡員開始為阿婆求情，而這是不常有的事情。原來王阿婆的丈夫已經過世十年，五年前，她唯一的兒子也在事故中遇難。阿婆平日裡最愛做的事就是拿出丈夫和兒子的黑白照片輕輕撫摸。只是她並不知道，那張照片因為反復摩擦早已經變得模糊。最近，王阿婆肚子裡長了一個腫瘤，她的時間不多了，這次是她唯一一次重獲光明的機會。

看著阿婆嚴重的駝背，我還是有些猶豫。這個時候，王阿婆說了一句話：「阿想製件壽衣嘞。」我是江西人，聽懂了她的方言，她想替自己做件壽衣。在江西的部分村落有這樣的風俗，人死的時候入殮所穿的壽衣一定要是自己親手做的，如果不是，到了那邊會見不到自己的家人。

如果對一個老人來說，逝去之後再也見不到自己的家人了，那將是一種怎樣絕望的痛苦。

簡單的願望，樸素而真實，我無法再開口拒絕，我決定拋開顧慮為阿婆做手術。

為了讓駝背的阿婆上半身放平，手術的時候我們幫她找了個五十公分高的墊子墊著腿，而且破天荒地同時對她的雙眼進行手術。這在眼科手術原則裡一般是不允許的，但這一切只為了確保她術後能看得見。半小時後，手術成功，阿婆的視力恢復到〇．六，老人很滿意，我們也如釋重負。

三個月很快就過去了，初春的南方似乎也善解人意，樹上冒出不少嫩綠的新芽為我們送行。後來聯絡員找到我說，王阿婆在手術後的一個星期之後就過世了。那七天裡，她逢人就說政府好，臉上洋溢著久違的笑容；那七天裡，她替自己做了一件壽衣，衣服上特別縫了一個口袋，而口袋裡，裝著的就是那張丈夫和兒子的黑白照片，口袋的開口被縫住了，這樣就再也掉不出來了。阿婆請聯絡員告訴我，這些年，她一個人，什麼也看不見，在黑暗中很孤獨、很想回家，謝謝我，幫她找到回家的路。

我忽然很慶幸自己當初的選擇，作為醫生生涯開端的手術，我感受到了專業性之外的東西。醫生所能帶給病人的希望不只是解除病痛，還有在生死之間的一種期待，在有生之年能成為一名「蒼生大醫」是我的人生目標。

在醫學院畢業之後我順利地保送讀研，師從姜燕榮教授，兩年後讀博，師從黎曉新教授。兩位教學風格和性格完全不同的老師，卻有著完全相同的一個特質，那就是對醫學的熱愛。

我以為自己已經算是一個醫學癡徒，然而我發現她們才能稱為「瘋魔」。剛剛跟姜燕榮老師的時候，我完全被她的職業精神給嚇到了，那時她已年近半百，在很多人眼裡，這個年紀已是含飴弄孫的階段了，然而姜老師終年如一日的時間表是這樣的：下午五、六點下班，吃飯後睡一覺，然後九點、十點起來繼續工作，在凌晨兩、三點再睡一覺，五、六點起來在家工作到七點再到醫院。在她的身上從來看不到一絲疲倦的痕跡，她的能量就像用不完一樣。

她告誡我說：「如果你只是把醫生當成一個賺錢的職業，那你完全沒必要幹這一行，它賺不到多少錢的；如果你把醫生當成一個實現你人生價值的路徑，那你一定要堅持下去，因為它能給你的價值感遠比你想像的更多。」

受姜老師潛移默化的影響，我也跟上了她的節奏，這樣在朋友眼裡就澈底成了「怪物」。有時參加朋友聚會，我還要爭分奪秒地在等位時拿出筆記本研究課題，他們都非常不能理解，覺得我這樣下去遲早會瘋。我只能笑一笑，疲於應付。

誠然，在很多人的眼中，工作只是生活中的一部分，而我，卻不知不覺地成為姜老師那樣的人，把工作當成了人生的全部。

我的博士生導師黎曉新教授的教學方法和姜燕榮教授完全不同。姜老師幾乎每天都會打電話給我，常常一打就是一、兩個小時，針對我的課題細緻入微地講解與探討，而黎老師卻希望我能更加自主、獨立。

有一次在做一個眼科課題的時候，她就說：「你為什麼一定要執著在眼科的領域呢，眼睛本身就是人體的一部分，你只盯著眼睛，是不可能解決所有問題的。」我當時很疑惑，我是學眼科的，我不專注在眼科豈不是會跟其他專科混淆了？直到後期，我才逐漸明白黎老師話裡的含義。

常規上，我們西醫就是頭痛醫頭，腳痛醫腳，參照相應的指標對症下藥。殊不知人體本身就是一個生態系統，很多病症表面上看是眼睛的問題，實則和全身密不可分，比如眼底的出血和滲出，就可以考慮到患者可能有糖尿病。

黎老師是一個非常敢於突破和創新的人，她一直追蹤著全球眼科醫學發展的前沿研究，在中國率先推廣玻璃體切割手術治療視網膜脫離、眼部腫瘤的局部放射治療等新技術。她從不宣導讀死書，在她眼裡沒有什麼療法是百分百不可挑戰的，正是她這種永遠帶著問號的思維影響了我後續的職業發展。她非常注重獨立思考的能力，她說五年前的醫學課本現在都全部革新過了，如果永遠停留在一個認知上，那麼這樣的醫生最多算個熟練技術工。

「師也者，教之以事而喻諸德也。」姜老師給了我刻苦拚搏的精神，黎老師給了我突破創新的膽識，我在德國留學時的 Jonas 教授則給了我開放合作的心態。

Jonas 教授非常反對閉門造車，這在保守的德國人裡實屬少見。他很早就和全球各大眼科醫院合作，比如和北京同仁醫院合作展開北京眼病流行病學調查，發表了很多文章。他一直認為，醫學是深邃無底的，需要人類不斷地探索與研究，而個人的力量太微小了，只有發揮出團隊的力量才能有更大的收穫。他的這種精神也讓我在後續的醫學領域中更加放低姿態，去吸納更多不同的觀點與學識，去組織和利用團隊攻克一個個複雜的醫學難題。

在德國留學的那一年，我記憶非常深刻，那是我有生之年真正意義上在異國他鄉生活和學習的一段時光。那是二〇〇八年，我在德國海德堡大學附屬曼海姆醫院眼科做訪問學者。

緊鄰海德堡大學旁邊不遠的聖山南坡上，就有一條著名的哲學家小徑，歷史上很多德國的哲學家和藝術家都曾在這裡散步，歌德、黑格爾、雅斯貝爾斯就在這裡思考過哲學和文學問題。

小徑不長，也就兩公里左右，但是風景極美，可以俯瞰內卡河對岸的海德堡老城風光。小徑旁一個花園的門口豎著一隻向上平伸的手掌模型，掌心裡寫著簡單的一句話：「HEUTE SCHON PHILOSOPHIERT?」直譯為「今天哲學了嗎？」

我一向對哲學比較感興趣，所以閒暇時經常過來散步。在德國的那一年我比較孤單，所以也更有時間去思考一些人生問題，我就在想從醫到底是解決什麼，為什麼有些人沒有病卻活得不快樂，而有些人天生殘疾卻依然樂觀向上。

我記得艾興多夫的紀念碑上面刻著他的一首短詩：「站到哲學的高度，你就會找到解讀世界之符咒！」這句話給了我很大的啟發，我希望我能站在更高的角度去看待醫學，解析醫學。

●
●
●

回國後，我繼續留在人民醫院做眼科醫師。如果說，剛工作那幾年我最大的挑戰是技術上和經驗上的欠缺，那後面隨著我接診的病例越來越多，專業上越來越得心應手，一個更大的挑戰卻不知不覺擺在了我的面前，那就是與人溝通，建立信任。

人民醫院是北京的老牌三甲醫院，全國各地的患者都會湧過來看病，日常的工作量巨大。在門診的時候，我一天要看一百多個病人，大大小小的病患背後就是一百多個家庭。有時候醫生要解決的不僅僅是疾病的問題，還有很多家庭、經濟以及工作問題。比如一些吸毒的患者，你明明知道他墮落難救，但還要抱著平常心來對待；比如一些沒有收入的貧困人群，有時你實在難以忍心放手不救；比如一些身心障礙人士，你替他治病，但解決不了他尊嚴和獨立生存的問題；比如一些意外失明的人，你不僅要治療他的眼睛，還要關注他的內心創傷。

面對人世百態，只恨自己能力實在有限，如果真有再世菩薩可以化解人間疾苦，那該有多好。只不過我們都是凡人，每天接觸各式各樣的病人，見證各式各樣的生老病死，我內心也會跟著起伏掙扎。在這種常年身心備受折磨的重壓下，我好多同學、同事放棄了這條路，也許很多人認為他們不夠堅強，但我很理解他們的選擇。

有一次我心情極度低落，就打電話給姜老師，姜老師說：「陶勇，你往一個池塘裡扔一塊石頭，會激起很大的波瀾，但你往大海裡扔一塊石頭，你會發現悄無蹤影。咱們當醫生的，你必須要把心放大，如果你把自己陷入患者的情緒中，你拿什麼來治癒他？」姜老師的一席話讓我澈悟了很多。所謂醫者仁心，仁心並不是愚人之仁，這需要大智慧去包容世間萬象，去化解病痛與苦難。

我的學妹老梁特別喜歡孩子，我們之間無話不談，經常談論到從醫的方向。她心軟，看不了太多悲慘畫面，有時候病人和她說起苦難她也會跟著掉眼淚，為此她身心都受到不同程度的影響，直到她親眼看到了一場醫患衝突——醫院耳鼻咽喉科的一位醫師被砍傷——這件事在她心裡留下了巨大的陰影，得了創傷後壓力症候群，一整年都不好，只要走進醫院，看到人頭攢動、喧囂吵鬧，她就會血壓升高、手抖心慌，後來直接辭職去了美國，五年後回國選擇了一家私立醫院工作。

在私立醫院裡，她的工作清閒且規律，接診的病人往往家庭條件優越，人員相對簡單，她做得很開心。她常常勸我，不如和她一樣去私立醫院，賺錢多還不累。說實話，每次當我心情沮喪的時候我都會很動搖，甚至有一些私立醫院透過各種管道找到我、遊說我。

每次在我差一點就動心的時候，我總會想起我那三位老師。他們那個年代，醫療條件更差，他們克服的困難更多，是什麼支撐他們走下去的？姜老師和黎老師甚至在退休之後，仍然投身醫療事業中，她們把自己的一生都投入醫學中，不論成績，只為熱愛。

從醫者如果沒有這份熱愛，是很難成為一個好醫生的，如果我現在放棄公立醫院去私立醫院，接觸的病例從數量上和複雜程度上都將大大縮水，我將會拿著一筆豐厚的收入，日復一日地重複著相同的工作，二十年後，我還是這個水準。也許在別人眼裡我是成功的，但在我自己心中，這和我的初衷完全背離。

我想起剛踏入醫學院校門後，我們一批新生被安排在大禮堂，舉起右拳對著醫徽莊嚴宣誓：「我志願獻身醫學，熱愛祖國，忠於人民，恪守醫德，尊師守紀，刻苦鑽研，孜孜不倦，精益求精，全面發展。我決心竭盡全力除人類之病痛，助健康之完美，維護醫術的聖潔和榮譽，救死扶傷，不辭艱辛，執著追求，為祖國醫藥衛生事業的發展和人類身心健康奮鬥終生。」空曠的大禮堂，我們的聲音洪亮高昂，內心湧動著一股熱血讓我們眼眶發熱、喉嚨發緊。那時我們根本不知道這段誓言的力量，直到現在，我才能真正體會它的內涵。

我走的路沒有那麼容易，我要打的仗不是一場攻堅戰，而是面對內心那點點滴滴的退縮和懷疑。我聽過太多偉人的故事，每個偉人都克服過比我更艱難的挑戰，而面對自己熱愛的事業，怎麼能這麼輕易地認輸？

法國作家羅曼．羅蘭曾說：「最可怕的敵人就是沒有堅強的信念。」泰戈爾說：「上天完全是為了堅強你的意志，才在道路上設下重重障礙。」這兩句耳熟能詳的名言連小學生都能明白，但真正做得到的人又有多少。我是願意成為碌碌無為的多數人，還是要成為尋找真理的少數人？

生命，在疾病面前沒有高低貴賤之分，如果醫學淪落為金錢、階級的奴隸，那麼我是誰，一個只為養尊處優的醫生？我擔得起「醫生」這兩個字嗎？那我多年的寒窗苦學，最終只是為「高貴」的人效勞嗎？

我在問自己，每天早上我穿過那條擠滿患者的醫院走道，坐上診臺，我的心情是焦躁的嗎？是的。尤其面對一大群患者擠過來問詢、插隊、吵鬧的時候，我完全難以靜下心來面對病情，我這種在別人眼裡溫和內斂的人都忍不住會發脾氣。但是，焦躁之下呢，我是不是隱隱還有種價值感——如果有一天，我的診療室面前一個患者都沒有，我會多麼失落呢。所以潛意識中，我在享受這種被需要的感覺，我之所以在和家人朋友抱怨以後仍能日復一日地堅守在這裡，不就是因為這種被需要的感覺嗎？尤其當我開始主攻葡萄膜炎以後，這種感覺更加強烈。

此類病症患者，往往因為身體免疫力低下繼而引起眼睛併發症。像一些糖尿病、愛滋病、白血病等等的患者，他們這種無法根治的病症也會導致眼睛併發症不斷反復，如此一來就成為長年需要就醫的「職業病人」。

這些病人往往家境貧寒，長年就醫的他們心理也容易出現各種問題，而現在主攻這塊的醫生又非常少，他們四處尋醫，渴望得到救治，那種在絕望和希望中不斷徘徊的痛苦，常人很難感同身受。

他們從全國各地慕名而來，我無形中成了他們賴以生存的精神支柱，每每看到他們眼神裡那股無助的光，再剛強的心也會被柔化。我的每句話對他們來說都至關重要，我就像一個宣布他們刑罰的人，關係到他們的生命。

長期相處下來，我和他們慢慢形成一種複雜的關係，不像醫生和患者，也不像家人，有點像是在同個戰壕的戰友，而我們共同的敵人就是病魔。如果我放棄了，我會覺得有種背信棄義的感覺。

在我受傷之後，我的好多患者朋友放聲痛哭，也許別人都無法理解他們與我的感情，只有我懂——如果我就此倒下了，可能也意味著他們的一個希望又破滅了。天賜的爸爸說，他人生中就痛哭過兩次，一次是天賜摘除第一隻眼球的時候，一次就是我受傷後，他躲在自己公司的洗手間裡哭了一個下午。還有一位患者的母親說，她願意把她的手捐給我，因為在她眼裡，我的手就是她孩子的眼睛。

是的，就是因為他們，所以我活過來了。

很多媒體朋友都問我會不會留下什麼心理陰影，從此不敢再從醫。說到陰影，或多或少會有一些，但從醫的心，我反而更加堅定了。正是這次事故讓我看懂了人性，雖然我身處黑暗中，但我的那些患者，他們像一盞盞燭光幫我找到了光明。

他們沒有放棄我，我焉能放棄他們。

「無恆德者，不可為醫。」我在鬼門關前徘徊了一圈，當知為醫者的艱難與光榮，當我躺在ＩＣＵ病床上人事不省、昏昏沉沉的時候，是那麼多醫護同仁守在我身邊，在八個小時裡把我從死神手裡奪了回來。

當我看到在武漢前線置生死於不顧、衝鋒陷陣的醫護同行們的時候，我才發現我並不孤單，原來有那麼多和我一樣的人熱愛著醫學，守護著醫學。當那麼多患者和朋友在微博下面留了大段大段感人肺腑的祝福時，我只嘆自己何德何能擁有這麼多人的關愛。

我救助的是患者，傷害我的也是患者；褒獎我的是患者，詆毀我的也是患者。這聽起來很矛盾，但我覺得並不矛盾，只是我曾經對醫學的理解不夠深刻。

唐代禪宗大師青原行思說，參禪的三重境界是：「參禪之初，看山是山，看水是水；禪有悟時，看山不是山，看水不是水；禪中澈悟，看山仍然是山，看水仍然是水。」起初我還不太明白，經歷了這件事後，我在病床上久久思考著自己從醫的初心，忽然想到這段話，發現醫學和禪宗有共通之處。

起初學醫時，我的眼裡只有病，看病就是病，找出病因，對症下藥；慢慢地，我開始看人，病是一個人身上存在的，它不會無緣無故而來，而是這個人所食所飲、所思所想和所接觸的人與事一點點誘發而生，所以不關注人，治病也治不了他的心。就像傷害我的這個人，他需要救治的不僅僅是他的眼睛，還有他的希望。

當疫情全球蔓延，澳洲叢林大火、非洲蝗災席捲而來，你會發現看病、看人都太渺小了，人是這個社會的一分子，也是大自然的一分子，當環境變化，病的不僅僅是人，還有我們的家園。

我忽然覺得醫學的意義就是去促進平衡。人自身的器官、經絡、血液的平衡，各項指標正常，各個功能正常，這是肉體的平衡；人對金錢名利的追逐，對愛恨情仇的糾纏，往往會造成一些心理問題，什麼都擁有，但並不快樂，只有身心健康才能感知到幸福，這是內心的平衡。

時代在高速發展，人類不斷透支和破壞自然環境，從而引發天災人禍，實則再高超的畫家也調不出天空的顏色，再厲害的科技也敵不過自然的力量。人對於自然來說只不過是小小的生物而已，只有順應自然、尊重自然、保持平衡才能形成健康的生態圈，這是人與自然的平衡。而醫學，如果只關注個體，那麼還遠遠不夠，未來醫學再發達，也解決不了整體的問題。

天下無盲，這是我的願望和畢生追求。我相信，這並非一個美好的夢，而是可以透過科技的革新得以實現的。

首先，要開發並推廣眼內液檢測技術，建立眼科精準醫療理念，降低炎症性眼病的致盲機率。其次，推行檢測淚液各項成分的產品，把眼底疾病的精準診療擴展到眼表疾病；進而將檢驗延伸至治療，將外泌體的治療規模化和產業化，落實電緩釋藥物載體的應用。再次，透過基因治療與致盲性遺傳眼病和眼底疾病進行抗爭。最後，透過腦機介面，將外接攝影機的電子晶片植入大腦的視覺中樞枕葉——以此實現天下無盲的初衷。

著名哲學家詹姆斯．卡斯的《有限和無限遊戲》一書說，世界上只有兩種遊戲：一種是有限遊戲，因物質而發起的遊戲，比如經商、創業、成名、成家，甚至建設一個國家，都是有限遊戲；另一種就是無限遊戲，是因精神而發起的遊戲，比如科學、藝術、宗教等，所有的人不是為了終結遊戲，而是為了延續遊戲。

有限遊戲帶給人的是短暫的快樂，而無限遊戲卻可以持續帶給人一種使命感。我對醫學的理解就是加入一場無限遊戲，我將終身致力於此。未來，我想引入社會公益組織、行業機關、同行、合作夥伴去共同經營這個遊戲，構建一個平衡的醫療環境，讓醫學融入我們的生活中。

醫學，博大精深，我現在所挖掘的僅僅是表面一層泥土，其內涵蘊藏著多少寶藏我們無法想像，但我熱愛它，不論結果。就像我們的那些老師、前輩，以及我身後千萬的剛剛踏上學醫之路的莘莘學子，持續地將這個無限遊戲進行下去。

眼中的醫學

醫學，
是一個孩子，
他的父親是科學，
他知道，
身體的傷害可以借助科學的幫助，
重新恢復，
利用水分的揮發可以帶走熱量的原理，
他降低了人體升高的體溫，
利用補充維生素的方法，
他治癒敗血症的患者，
來自父親的力量讓他變得日漸強大，
使用先進的標靶藥物，
惡性腫瘤開始節節敗退，
借助核酸檢測，

傳染性疾病低頭認輸；
醫學，
是一個孩子，
他的母親是哲學，
母親教他懂得平衡的道理，
母親讓他認識信任的力量，
他領悟了什麼是整體，
身體的器官不再割裂，
他意識到什麼是循環，
疾病總會被追根溯源，
治療疾病，
也可以採用文字和語言；
父親的力量，
讓他不斷延長人的生命，
母親的力量，
讓人即使死亡也走得安詳，

如果只有任何一方，
或者是肉體被治療的同時，
留下了一個暴戾的靈魂，
或者是肉體不堪疾病的困擾，
早早就被埋葬。

第七章

1%的世界有多大

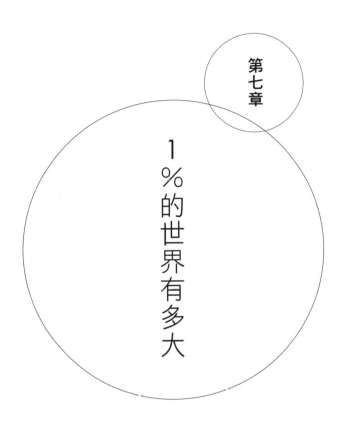

“

學醫這麼多年，

不救人，

那還有什麼意義。

”

如果把在ICU的日子比作狂風暴雨，那麼接下來的日子就是嚴寒冬日——疼痛不再像剛開始那麼瘋狂，但變得纏綿持久，並且不知道盡頭。尤其左手和左臂，因為整個肌腱和神經都被砍斷，需要重新癒合新生，摘掉石膏後，整個左手就像握著一塊寒冰一般，接踵而至的是超敏感的觸覺反應，從左手到臂彎處就像被火燒傷一樣，輕微的觸碰就如刀割般疼。

我每天都在經歷這種痛苦，每週還要去積水潭醫院做復健，將新長的瘢痕拉開，以免長死不能動作，這中間的疼痛可以稱為極刑。

很多人都說我特別勇敢和堅強，在經歷這件事以後，我也發現自己骨子裡好像有種不願服輸的力量，越是磨難，我便會越堅強，像水一樣，越是擠壓，越會迸發出強大的力量。

小時候如果和玩伴下棋輸了，我會一夜都睡不好，在腦子裡演練各種步法，設想如果他這樣下，我該如何接，直到第二天一定要贏回來才甘休。後來玩伴都不愛和我玩了，覺得我輸不起。其實我只是不能接受未盡全力的遺憾，如果盡力後依然做不好，那我會平靜地選擇放棄；如果明明再努力就能成功的事我卻沒有去做，那我會很難受。

「過去屬於死神，現在屬於自己」，我發現真正的快樂並不是源自於勝利的那一刻，而是源於那個不斷提升和成長的過程。

長大後的我勝負心好像沒那麼強了，也可以平靜地接受遊戲的失敗，然而對自己在乎的事，我依然有著強烈的鬥志與堅持。

在我選擇葡萄膜炎這個專科的時候，我就知道這是一塊難啃的骨頭，但越難我越覺得有挑戰性、有意思、有價值感。葡萄膜炎一直是眼科裡的冷門領域——患病原因複雜，往往是因為患者的免疫系統發生問題引發的併發病，要深入治療需要找到致病的根本原因。常規的治療方法是透過藥物進行全面消炎，但藥物治療無法避免使用激素，長期使用激素又會引發患者的其他疾病，目前的醫學手段還沒辦法做到精準治療——因而這個領域充滿了艱難的挑戰。

從過程中我卻體會到一種樂趣，就像完成一道複雜的、別人不能輕易解出的數學題一樣，這種成就感能消化掉面臨的困難，激發我的鬥志，讓我持續深挖、深鑽。

我在帶學生的時候總會問他們一個問題：「你們願意成為哪一種醫療工作者？如果想成為一個好醫師，就需要把書本裡的內容學好，把現有的技術搞清楚、弄明白，沿著老一輩指引的道路兢兢業業地對待每個病例；如果想成為一個好的科研工作者，就需要有勇氣去質疑現有的東西，去開創新的技術，思考如何有效地提升現有的醫療水準。」這兩者沒有高低之分，醫學是需要一批人來創造規則的，同樣也需要一批人去應用規則，這樣才能實現醫學的長足發展。

我的興趣和優勢都傾向於後者——成為一個好的科研工作者，葡萄膜炎提供了我一個推陳出新的機會。這個領域的患者通常生活條件艱苦，令醫生更為棘手的是，眼內發炎的患者往往病變發展速度快，而且病因複雜，治療上困難和風險都極大。所以專門從事這方面工作的醫生數量較少。

全中國四萬八千名眼科醫生有能力從事這一領域的不過數十位，而專職從事這一領域的只有十數位。葡萄膜炎極為凶險，占致盲原因的第三大因素，而患有此類疾病的患者占眼科就診人數的1%。無數阻礙橫亙在這1%想要得到救助的患者面前，然而就是這1%的世界，給過我太多太多的感動。

• • •

二〇一一年四月二十六日，小岳岳的媽媽帶著他第一次找到我，那時他八歲，我三十一歲。

初次見到小岳岳時，我正跟著黎曉新教授專攻葡萄膜炎，小岳岳在一年前被診斷為白血病，接受了臍帶血幹細胞移植手術，術後由於巨細胞病毒引發了眼睛病變，這次來是因為已經有一個月的時間他什麼都看不見了。我替他做了初步檢測，發現他的眼睛裡混濁一片，根本看不見眼底，什麼原因造成的都搞不清楚，更別提治療了。

小岳岳一家是山西陽泉人，他的爸爸是長途客車司機，早出晚歸，靠著微薄的收入支撐一家人的生活。他的媽媽是農民，自從小岳岳確診為白血病後就放棄了農活，全職陪他看病。小岳岳還有一個姐姐，比他大四歲，母親全身心照顧兒子，自然也就顧不上女兒，岳岳的姐姐就需要自己照顧自己的生活。

一家原本清貧但幸福的生活被小岳岳突發的疾病完全打破了，從他確診白血病那天起，岳岳的父母就陷入了在希望與絕望不斷循環的折磨中。

岳岳媽媽告訴我，這一年，他們母子不是在醫院就是在去醫院的路上，看病花光了家裡所有的積蓄，還欠了一屁股債，本來做完臍帶血手術後，家裡人稍稍緩了一口氣，但沒想到惡夢接連襲來。

岳岳的媽媽那時還不到四十歲，但整個人面容憔悴，頭髮凌亂，身體瘦弱，顯得特別蒼老。這一年中她經歷了太多的痛苦，流過太多的眼淚，她語氣平靜地問我：「醫生，你就實話告訴我，還能治好嗎？」

這樣的問題，我每天都要回答很多次，我知道自己的一句答案對患者來說意味著什麼，我安慰她：「我會盡全力保住妳兒子的眼睛，妳千萬別放棄。」

岳岳媽媽的眼神裡閃出一絲光，激動得直向我道謝。

那時的我剛升為副教授和副主任醫師，正躊躇滿志；再者，之所以選擇葡萄膜炎，也是因為希望能挑戰一些複雜的案例讓自己的工作更有價值。想到我可能是岳岳媽媽最後的希望了，我內心更是暗暗發誓，一定要治好岳岳！

小岳岳非常乖，也特別勇敢，雖然他看不到我，但我能從他的表情中感受到那種求生的力量。他皮膚黑黑的、個子小小的，不怎麼愛說話，我帶著他進手術室抽取眼內液準備做詳細檢查。我問他：「待會兒叔叔要在你眼睛裡面下針，會有些疼，你能忍嗎？」他很懂事地點了點頭，但牽著我的手卻握得緊緊的。

一個普通的八歲孩子，往往打個疫苗都會哭叫，但小岳岳在整個過程中完全沒有吭聲。看著他，我心裡總有種說不出的心疼。

那時的眼內液檢測技術才剛剛試行，機器需要從別的機構借，試劑需要預約訂貨，因為葡萄膜炎的病因複雜，需要分子實驗經驗豐富的技術人員才能準確分析出原因，我只能靠人脈關係從中科院請來相關的專家。為了幫岳岳省錢，我自己請專家們吃飯，央求人家免費幫我做分析。

整個過程裡我四處求助，所幸聽到小岳岳的情況後，大家都是二話不說、竭盡全力，可能這是我們從醫者不約而同的默契，無需多言——學這麼多年醫，不救人，那還有什麼意義。

一個月後，岳岳的病因終於找到，是非感染性的炎症，用過局部激素後他恢復了視力。岳岳媽媽激動得泣不成聲，她告訴我，這一年中她哭過很多次，早已習慣了醫師搖搖頭讓她回去的場景，每一次她從醫院出來打電話給岳岳爸爸，兩人都會痛哭，然後彼此勸對方，「要不放棄吧，咱不治了」。但每次的結果都是——再試一次，如果不行就死心。

病因雖已找到，但治療仍是一個複雜的過程，葡萄膜炎非常頑固，越是身體差、家庭條件不好的人，越是容易復發，眼睛不斷地發炎就需要不斷地治療。

從那以後，岳岳媽媽就開始了帶著岳岳由山西往返北京的艱辛之旅。為了省錢，他們母子要早上四、五點起床趕最早的火車，到了北京就立刻趕往醫院找到我，如果問題不大，他們就帶著藥再趕下午五、六點的火車回去。

由於岳岳的身體抵抗力差，岳岳媽媽一路上都要小心再小心，給孩子穿少了怕感冒，穿多了怕上火，吃的、喝的需要從家裡消完毒才能帶出門，全程又怕感染上別的病菌……實在是常人難以想像的辛苦。若是病情嚴重需要住院治療，長則十天半月，短則三、五天，除去醫藥費用，他們能省就省，岳岳媽媽經常在醫院走廊、公園裡簡單吃住。我看著於心不忍，能幫的儘量幫，有的病人送來米、油、水果，我就分給他們。無奈我手上的患者大多數都和岳岳的情況是一樣的，我有時會特別無助，覺得自己能做的實在太少太少。

有些患者千里迢迢地趕來，掛不到門診、找不到我，我實在沒辦法拒絕便只能加號，所以有時看完門診已經是晚上八、九點，再去病房查看病人，有的病人睡得早，我還得悄悄叫醒他們，帶到辦公室替他們檢查。那段時間，我幾乎每天都住在病房宿舍，和患者同吃同睡。

岳岳和我相熟後話開始多了起來。他對醫院的一切都相當熟悉，遇到剛住院的新患者，他還能扮演一個小志願者，幫他們引路，給他們建議。醫院的護士也熟悉了岳岳，很喜歡他，喜歡聽他講故事、說笑話。有時他會跑到護士站看自己的檔案，看到高昂的費用他總是難受地嘆聲說：「家裡已經沒錢讓我看病了。」

因為得病，岳岳比別的小朋友晚了兩年上學，九歲時才上一年級，但因為身體免疫力低，遇到颳風下雨、季節變換的時候，他就沒法去學校了。若是有別的小朋友感冒了，他也只能在家裡自己看書學習。

好幾次校長都建議岳岳媽媽別讓孩子上學了，他自己身體不好，萬一出了什麼事，學校也承擔不起責任，但岳岳父母沒有放棄，她說盡了好話並承諾岳岳無論出什麼事都不會怪罪學校。她之所以這樣，是因為知道岳岳喜歡上學，她私下和我說：

「不知道岳岳能活多久，活一天，我們就想讓他開心一天。」

可能是老天拿走了岳岳的健康就給了他異於常人的大腦，也可能是岳岳太珍惜能上學的機會，他的成績非常好，在一年缺課一大半的情況下，數學居然還考了全班第一名，教他的老師們都覺得不可思議。我在病房查房的時候，經常看到岳岳抱著學習點讀機在床上認真地學習。

我心裡非常佩服這個孩子，有時我會把女兒的玩具帶到醫院來送給他，但岳岳死活不要，說他已經長大了，不玩玩具了。一個八、九歲的孩子能說出這句話，讓我心裡感到相當難受，誰願意長大，只不過是生活所迫。我就買了一些科幻書、歷史故事書給岳岳，想讓他能在學習之外找到一些樂趣。

二〇一五年，小岳岳十二歲了，我也三十五歲了。他來找我做第三十四次複查，不知不覺他長高了許多，已然變成了一個半大小夥子，我逗他時他就不好意思地笑。

他的眼睛隨著自身免疫系統越來越差變得更加頑劣，出現了視網膜脫離。兒童視網膜脫離要做手術很難，若是由炎症引發的兒童視網膜脫離那就難上加難。視網膜的厚度就如同一張衛生紙，因炎症在表面上形成的膜就像塗在衛生紙上的一層膠水使視網膜皺縮，而我要做的工作就是把表面上的膠去掉，同時不能把衛生紙弄破。

有一段時間，他的眼底視網膜反復脫離，我開了三次手術，每次手術都要好幾個小時，但手術效果不是很好，我整個人近乎崩潰，有了深深的絕望。於是我找到他們母子，實話告訴他們：「我盡力了，但，真的保不住了。」

岳岳媽知道我的性格，所以她沒有表現得太過失望，她知道，我若說盡力了那就是盡力了。她還不斷地向我道謝，然後準備帶岳岳離開。我心裡特別難過，那種自責與遺憾像一塊巨石一樣壓在我的心頭，但是岳岳不動，他坐在椅子上死活不肯起來，低著頭，也不說話。

岳岳媽媽拉我出來和我說：「你勸勸他，讓他放棄吧。」

我走進去半天都不知道該如何開口。

勸一個人放棄光明，這真是太殘忍了。這時岳岳突然說話了，他說，自己六歲時診斷出白血病，非常難過，家裡人帶著他跑遍了各大醫院，最後到了北京兒童醫院，醫生讓他隔離治療，孩子留下，家長回去。那時他爸媽就想放棄了，他不肯，他爸媽說，「你一個人在醫院，不怕嗎？」他說，「怕，但他更想活著。」但最終，父母還是把他帶回家治療了，他說那一次他想到了死。此刻，他仰著頭看著我：「陶叔叔，你別放棄我，好嗎？」

於是我硬著頭皮繼續做手術，高昂的醫藥費，艱難的求醫路，看不到盡頭的磨難，我們所有人的堅持都承擔著巨大的壓力與痛苦。很多人都勸我，放棄吧，你這樣堅持，只會讓他家更痛苦。可岳岳爸媽卻說：「陶主任，只要你覺得有一絲希望，咱砸鍋賣鐵也治。」

七、八年間，每年少則兩、三次，多則幾十次的治療，岳岳母子倆堅持往返北京。岳岳越來越高了，而岳岳媽卻越來越老了。有時候她把孩子送進手術室，等我出來後發現她已經在長椅上睡著了。那個時刻，我真切地被人性的偉大感染，母愛足以讓一個平凡的女子變成英雄。

她大字不識幾個，為了岳岳，騎一個多小時自行車去城裡的網咖查資料，還學會了寫電子郵件給我。她把白血病和葡萄膜炎這兩個複雜的病症研究得像半個專家，這麼多年過去，她不僅僅是把我當作一個醫師，我更像她的戰友和親人。她相信我說的所有話，她說最喜歡看我笑，每次帶岳岳來複檢，如果我看診完笑了，那是她最開心的時刻；如果我看診完皺了眉，她會感覺天要塌了。

• • •

二〇一九年七月八日，岳岳第五十三次複查，這時他已經十六歲了，而我的女兒也八歲了，和岳岳第一次來找我時一樣大了。

時間過得好快，匆匆已過近十年，岳岳的兩隻眼睛前前後後做了十次手術，至於眼睛上紮過的針，少說也有一百次了，他已經完全習慣了這種折磨，手術時從來不做全身麻醉，只做一個局部麻醉，他說比起腰椎穿刺，眼睛手術的疼根本不算什麼。

我帶的研究生也都非常敬佩這個小男孩，問他：「你不怕嗎？」岳岳笑得很開心，根本沒有回答這個問題，反而把話題岔開說，他爸爸長年跑長途，已經好多年沒回家過過年了，他爸說，如果這次手術順利，他就回來陪他過年。

眼底視網膜在我堅持不懈的努力下終於不再脫離，但反反復復的慢性炎症造成了視網膜鈣化。鈣化使得本該柔軟的視網膜像骨片一樣堅硬，最終殘留的正常視網膜就像孤島一樣守護著他僅存的一點視力。

小岳岳看書寫字變得越來越困難，手術和藥物都失去了作用。他再也不能看書寫字了，休學成了必然。我常常想，如果我是現在的他，十六歲，人生剛剛開始就要失明，我該如何設想我的未來，我不能接受這個結果。

為了保住他的視力，我不得不尋找另一條路——工程學。也許是冥冥中註定，我無意中認識了從美國留學歸國的黃博士和清華大學畢業的宋博士，這讓我一下子看到了一線曙光。

我多次跑到他們的試驗室參與他們的討論，他們對小岳岳這個案例非常感興趣。

科學家的熱情我是理解的，他們和醫生一樣，所有的創新都是為了服務大眾。白天我們忙工作，晚上我就去他們的辦公室，邊吃泡麵邊聽他們的技術方案，黑板上畫滿了我看不懂的符號，但我卻一點也不覺得枯燥，我知道這些符號裡有讓岳岳復明的可能性，我也一下子理解了岳岳媽媽的心情——要醫生不放棄，他們就充滿鬥志。

再後來，澳洲留學歸國的翁博士和北大的馮博士及Coco也加入了，他們特別熱心地和小岳岳父母以及岳岳進行了多次溝通，瞭解他們的生活狀態以及生活場景，希望盡可能地研究出能幫到他生活各個方面的產品。

我和他們一起做了定量反應視覺改善狀況的方案，他們很耐心且認真，不厭其煩地測試小岳岳的視覺變化狀況，協同研究人員不斷地修改方案，改進產品設計。

就在我們所有人即將成功的時刻，我出事了。後來岳岳媽媽說，當知道我出事之後，她覺得比聽到小岳岳徹底失明都更讓她絕望。她連著幾宿都睡不好，傳了訊息和郵件給我，她也知道我看不到，想來醫院看望卻無奈疫情阻隔無法動身。岳岳知道後，一向性格開朗的他，好多天不說話，不笑。

二〇二〇年七月，我已經康復出診一百多天了，CoCo傳來了小岳岳重新開始讀書寫字的照片。經過一年的科技攻關，專門為岳岳設計製作的智慧眼鏡成形了，岳岳戴上後，可以重新看到書本上的字。

岳岳媽媽打電話告訴我，小岳岳第一次戴上智慧眼鏡就做完了國二考卷上八成的考題。原來他視力不好的時候，靠著姐姐幫他讀書，並沒有放棄學習。我聽了以後難掩開心，告訴他說：「等你來北京複查的時候，我送你一盒筆，聽你媽媽說，你看得見之後變得很會寫字了，用筆量很大。」他聽了後哈哈大笑，然後說很想念我。

十年過去了，小岳岳長成了大男孩，身高和體重都和我差不多了。

十年來，命運對他太過殘忍，白血病已經讓他難以負重，老天又差點奪走了他的光明。這十年中他從未放棄，在六歲時他就喊出來：「我要活著！」而今，他不僅活著，還搶回了光明，學習了知識，收穫了希望，我相信未來的他會成為一個更加優秀的人。

每當我想起他，眼前就會浮現出各種畫面：他的父親披星戴月，在寒冬酷暑裡開大客車；他的母親帶著他十年如一日地奔赴醫院，風餐露宿；他一邊忍受著每次手術和治療的痛苦，一邊還要挑燈學習；黃博士、宋博士帶領的團隊研究出堆積如山的方案……

打開小岳岳的醫療紀錄，厚厚一大本，一行行的文字，深深淺淺，有些頁已經縐褶破爛，想來跟著他們母子一起走過了十年的風雨。這一切逐漸模糊起來，彷彿串成一條繩索，死死拽住了一個快要墜入懸崖的人。我想，小岳岳身上發生的這個奇蹟，緣於所有人都沒有放棄。

這就是那1%的人生，這就是那1%的可能。

我永遠願為這1%的可能，付出百分之百的努力。

第八章

暗黑王國的小小人

希望是唯一價廉而有效，可以對抗人間疾苦的方法，
它是俘虜的自由，病人的健康，乞丐的財富，極寒中的暖陽。
我堅持醫學，不僅源於熱愛，更想給更多盲人希望，
讓那些對我心懷期待的人看到——還有人在為他們而努力。

第一次接觸盲人還是我童年的時候，那時我們都是住在平房，所以左鄰右舍來往親密。一次，鄰居從外面請來一個算命大師幫她算命，我們好奇便跑去觀看。那個算命大師穿著一件深灰色的長袍，戴著一副黑框墨鏡，脖子上還掛著一串長長的佛珠，清瘦蒼白，整個人看起來甚是神祕莫測。

玩伴悄聲告訴我說他是個瞎子，會五行八卦，還會請神捉鬼，我們自然被嚇到了，悄悄地擠在一邊偷看他的一舉一動。大師先是問詢了鄰居阿姨的生辰八字、房屋擺設等問題，後來又用他瘦骨嶙峋的手在阿姨的頭上、臉上、身上一點點捏下去，邊捏邊念念有詞，大概說的是阿姨的命格氣數之類的。我們看了半晌也看不太懂，便又散了。

那時，盲人在我腦海中的概念就是一個神祕的族群，他們因為眼盲便具有不可言說的神祕本領，生活中難以見到他們，也許他們就像武俠小說中描寫的一樣，是一個神祕教派，修練某一種神學，居住在某個山裡或者寺廟中。母親卻笑著拍我的頭，說盲人和我們普通人一樣，他們很可憐的。

我對母親的話半信半疑，便私下拿塊黑布蒙住自己的眼睛，然後在房間裡摸索，豎起耳朵聽一切聲音，用手去觸摸我面前的東西，才發覺沒有眼睛真的太可怕了，哪裡都去不了，什麼也看不到，不敢想像如果一輩子都是這樣會有多麼絕望。

真正接觸盲人是在我學醫後，那時我才知道中國有五百多萬低視能人群，其中全盲占百分之二十左右，盲童有十多萬人。這是一個很龐大的數字，只是他們常常深居簡出，像海底的沙粒沉沒在社會裡，大家平時很難接觸到他們。

大量的盲人是老年人，由於一些慢性病併發的眼睛病變，比如老年視網膜黃斑變性、糖尿病視網膜病變、視網膜靜脈阻塞等。也有一些由意外導致失明的普通人，還有一些由病毒感染引發的眼睛感染，如愛滋病、白血病骨髓移植術後等。

可能在很多人眼中，他們非常不幸，但在我真正接觸他們以後，才發現他們遠比我們想的樂觀。對於很多患者來說，眼盲不過是他們掙扎在生死邊緣，眾多痛苦中的一部分，在求生的本能下，他們比我們健康的人更加珍惜生命。受眼睛的影響，他們接收到的資訊遠比常人少得多，社會的競爭、人的欲望、情愛的捆綁等對他們來說也遠沒有常人複雜，所以他們想得簡單，活得也簡單。

快樂很簡單，但要做到簡單卻很難，盲人比我們更加容易做到簡單。

最不幸的，莫過於意外失明的人，世界在一夜之間變成黑暗，從曾經擁有到驟然失去的絕望，這中間的苦楚也只有親歷者才能體會。之前有一位安徽的患者，放鞭炮炸傷了眼睛，曾經一切習以為常的事情在失明後都變得那麼奢侈，他變得不願說話、不願出門、不願見人，在消沉了很長一段時間後，才又重新找到繼續活下去的力量，開始計畫自己作為盲人的後半生。

在接觸盲人世界近二十年後，我有了一個深刻的體會，不僅僅是盲人，所有的小眾群體——其他殘疾人、患有某些疾病的人，如愛滋病患者、白血病患者、乙型肝炎患者等——比起同情，他們更需要的是平等，這是一種對尊重的渴求。盲人不願意大家把他們當作一個無用的、特殊的人去對待，他們同樣可以自理、可以學習，可以為社會貢獻價值。

我在盲人圖書館遇到過一個工作人員，她就是一名盲人，每天家人會把她送到地鐵站，然後她自己搭乘地鐵上班，到站後會有同事再把她接到工作的地方，就這麼簡單的一件事情，讓她感到無比滿足與幸福。有時候坐地鐵時，看著地鐵裡熙熙攘攘的人群，好多人垂頭喪氣，麻木的臉上見不到一絲光亮，我總會想起她，和這個女孩比起來，他們擁有的已足夠多。

在我受傷的那段時間，其實真正讓我想開的就是這些患者朋友。有時我很慶幸自己是醫生，因為這個職業，我接觸到了形形色色的人。人間百態，眾生萬象，因為疾病彙集到我的面前，透過疾病我瞭解到了各式各樣的人生，能夠幫到他們，我覺得非常幸福。

「讀萬卷書，行萬里路，胸中脫去塵濁，自然丘壑內營。」當一個人見識越多，眼界越寬廣，心胸就越慈悲。躺在ＩＣＵ的時候，我根本不知道自己會迎來怎樣的結果，也許會殘疾，也許會死去，那時，一個個鮮活的患者面容出現在我腦海裡。

我想到那些盲童，比如天賜、比如薇薇，他們從幼年時就註定要走一條比常人艱難異常的路，光明一天天在自己的眼裡消失。而我比他們要幸運太多，我的上半生如此精彩，走到今天，這麼多人在為我的康復努力，我沒有理由倒下。人生在世，世事無常，誰也無法把握明天，只有懷揣一顆希望的火種才能照亮迷茫。

•••

五年前，我們眼科病房裡來了個河南農村的小男孩，才兩歲，雙眼卻患有視網膜母細胞瘤，左眼的腫瘤已經長滿了整個眼球，為了保住性命，孩子的左眼很快就被摘除了。然而右眼底也有病變，需要持續接受化療，每兩個月就要複查一次。於是孩子白天在我們醫院接受化療，晚上他們父子倆就在北京西站賣報紙，或者他爸當搬運工人賺些微薄薪水，倆人常常睡在火車站。

有一天，我聽到同病房的小孩問他：「你家在哪呀？」

他晃著頭髮掉光的大腦袋說道：「我沒有家，我爸在哪裡，哪裡就是我的家。」

孩子本來名叫李嘉程，後來他父親覺得可能是名字取得太過了，孩子才會生病，所以幫他改名為李天賜——這個孩子就是上天賜給他們全家最好的禮物。

十年治療期間，醫生和護士一直盡力為天賜節省醫療費用、捐錢捐物。記得有一年冬天特別冷，我從網路上訂了五十床被子，天賜爸爸帶著天賜到各個地下道去發。天賜爸爸說，孩子眼睛不好，我沒有別的辦法，但是我還是要儘量讓他保持善良。

十年後，天賜的右眼腫瘤無法控制，最終也被摘除了。天賜失明後，天賜爸爸就拿著在我們看來形狀完全相同的方塊，塗上不同的顏色，讓天賜摸，訓練他的觸覺，慢慢地，天賜完全可以透過撫摸辨別出方塊的色彩。

憑藉這種觸覺和記憶的能力，他又學會了盲文，現在在當地的盲人學校上課，父親也在北京紮根，在醫院裡面做全職看護，一家人的生活走向了正軌。

薇薇也是在很小的時候就查出了白血病，為了替她治病，父母賣房子、賣家產，家境同樣陷入深淵。但薇薇媽媽也從來沒有想過放棄，她用最大的愛給了薇薇希望，陪著她常年輾轉於廣西與北京之間，她還教薇薇不要抱怨生活和社會，要反過來去愛、去擁抱現在擁有的一切。

薇薇在愛的包圍下活得非常樂觀，每次替薇薇做眼睛注射治療，這件在常人眼裡非常恐怖和痛苦的事情，薇薇從不懼怕，甚至還會講笑話給我們聽。

薇薇在眼睛還好的時候喜歡畫畫，還在一個大賽裡獲了大獎，獎金五千元（人民幣），她拿出一千元（人民幣）捐給了天賜，把這份愛傳遞了下去。後來她眼睛失明，還憑著記憶用兒童彩色黏土捏了一條龍給我，無論造型還是色彩都非常細膩逼真。我驚嘆於健全的人都不一定做得出來，難以想像它是出自一個盲童之手。

今年兒童節時，我在抖音直播間為盲童做了一場公益募捐活動，薇薇還連線進來唱了一首歌。

我熱愛她陽光可愛、對生活和未來充滿愛的模樣。

我曾在吉林白城的健康快車公益行活動中，為一個先天白內障的孩子做了手術。他十歲左右，媽媽也是先天性白內障患者，他眼前白茫茫一片無法看清，由於家境貧寒，一直沒有醫治，直到遇見我們。

第二天，把圍在他眼前的紗布揭開後，他慢慢睜開眼睛，就像一個初生的嬰兒，眼睛裡閃著光。父母的樣子他從未看得如此真切，每個人都看著他笑，只有他半張著嘴，完全說不出任何話。

這些發生在我身邊的病例，讓我親眼見證了希望和愛於一個人的力量。希望是唯一價廉而有效，且可以對抗人間疾苦的方法，它是俘虜的自由、病人的健康、乞丐的財富、極寒中的暖陽。我堅持醫學，不僅源於熱愛，更是想給更多盲人希望，讓那些對我心懷期待的人看到——還有人在為他們而努力。

相比起眼盲，心盲更可怕。現代社會壓力重重，很多人在不知不覺中迷失於十字街口。面對事業的受挫、愛情的背叛、財富的崩盤、親人的離去，就算擁有健全的身體也難免會遭受心理的創傷，有些人因此一蹶不振、自甘墮落，也有人傷痕累累、病入膏肓。

我接觸過很多抑鬱症患者，他們表面上看起來十分健康，可是內心卻沉在一個無底的黑洞中。於他們而言，生活全然沒有任何希望，他們失去了感知快樂的能力，就算他們在外人眼裡已經很優秀了，擁有著相貌、才華、金錢、名利，可是這些都不能真正帶給他們快樂。我很想幫他們，可是憑一己之力很難將他們從深淵裡拉出來。

有一天我和一個慈善家聊起這個話題，他忽然提議，是否可以在盲童和抑鬱症患者間建起互助橋樑：他們一個心盲，一個眼盲，眼盲的孩子心懷陽光，可以照亮那些心盲之人心底的黑暗，而心盲的人可以用他們的眼睛幫眼盲的孩子描述一下美好的世界。這個想法一下子讓我激動起來，我便和幾個抑鬱症患者溝通，他們也表現出極大的興趣，顯然這一舉動點燃了他們的希望。

我始終相信，只要你懷揣希望，死去的意志就會在心裡復活。那些在人生路上遺失去愛、去感受的能力，可以用希望將它們再一個個撿回來。無論你眼前是多麼黑暗，總要相信，明天一定會來，只是早一點或晚一點而已。

我希望能有更多人關注這些沉沒在人海中的盲人朋友，對他們多一分理解和尊重。他們要的其實並不多，只是能把他們當作一個普通人對待。在過馬路時、在坐公車時、在買東西時，一個舉手之勞就能將愛傳遞。

我也希望天下無盲的理想能早日實現——用人工眼代替眼睛——那時就不會再有人受黑暗之苦，這是我心中的希望，也是我一路走下去的動力。

失明

沒有人願意失去光明，
漆黑一片的世界，
令人發自心底地恐懼；
沒有人願意失去光明，
親人的笑臉，
只能用手觸及，
那是怎樣一種絕望的情緒；
沒有人願意失去光明，
因為對於生命而言，
光明就是希望，
擁有超過一切的意義；
光明不僅僅是獲取資訊的途徑，
也可以傳遞感情，
看見冰雪下的一抹綠，
便知道春天的腳步越來越近。

第九章

那些不為人知的力量

“

堅強，不是受過一次打擊後站起來，
而是經過無數次打擊後，還能站起來，
仍然微笑著告訴生活，放馬過來吧。

”

六月初的時候，好朋友打了一通電話給我，電話中他大聲驚嘆：「陶勇，我在東直門橋的大看板上看到你了，你現在真紅！」我一時間哭笑不得。

說實話，我從未想過自己的照片有一天會在出現看板上，命運真是神奇，無論你怎麼精心布局，事情的走向總會超出你的想像。

這個事件過後，我的生活又恢復到了原來的樣子，只是走在路上會忽然被人認出來；或者在醫院的時候，會突然有陌生人激動地跑來跟我合照；不時會有陌生的電話打來，邀請我參加一些活動。對此我一直抱著順其自然的心態，不迎合也不抗拒，我知道自己的重心是什麼，有意義的事我自然會做，沒意義的事我也不會去做。

有時候在家裡錄影片或現場直播時，妻子總會提醒我注意一下形象，換件好看的衣服之類的。言語之外的意思我知道，她是希望我把自己當作一個公眾人物來對待。這些我並不拒絕，就算不是公眾人物，我也希望自己形象好一些，畢竟一個人，你的外表是展現給別人的第一張名片，隨著年齡增長，你的氣質、思想、閱歷都會在此有所體現。

醫生每天要接觸處在病痛折磨下的人，一個精神的形象也會讓患者感受到積極的力量，何況拋開這些，擁有一個好的形象對自己也是一種犒賞。但「公眾人物」這個頭銜我實在愧不敢當，我只是希望不要辜負那些喜歡我的人的期望。

這件事之後，我確實有一些變化，接觸的圈子變大了。以前在醫院接觸的人無非就是患者或同行，但現在認識了傳媒、文學創作、慈善機構等各行各業的朋友，讓我無形中擴大了自己的認知體系。

我本身就是一個喜歡接觸新事物的人，因為新事物會給你更多思考的角度，從而讓自己變得更包容和立體，這可能與我母親的影響有關。

母親雖然沒怎麼出過遠門，但她看過很多書，還會自己去思考和總結，雖然身處小地方，但她的思想卻很開闊。她一直鼓勵我多讀書、多遠行、多去接觸不同的人，她認為一個人生活的長度改變不了，但生活的厚度卻是可以改變的，用自己的眼睛、耳朵、嘴巴去多看、多聽、多溝通，用自己的腳步去丈量這個世界，生活才會更有意義。

走出去，世界就在眼前；走不出去，眼前就是世界。

和不同的人溝通、碰撞，讓我接觸到不同的思想和觀點，很多都是值得我去借鑒的寶貴經驗。朋友建議我寫書，他們覺得我有必要把自己的一些經歷和思考寫出來，與相對零散的媒體報導相比，書的內容和表達會更加全面完整。

我從不敢以榜樣自詡，比我優秀的人太多，值得學習的人也很多，我只是一個普通又平凡的醫生而已。不過寫書倒是我一直以來的夢想，曾經我以為自己會在老去的時候寫下一本書留給我的後輩們作為紀念。此刻，基於這個契機，思考良久，我決定完成這本書。

很多人認為這個時代過於浮躁，各種流量明星、網紅層出不窮，資訊太過碎片化，內容良莠不齊，會讓年輕人迷失和懷疑。我倒不這樣認為，相比於現在，我感覺曾經的自己就是一隻井底之蛙，對世界的瞭解實在太少。現在的年輕人，可以輕易地找到自己感興趣的東西，並從中找到快樂和價值感，這其實是時代的進步。

不過任何事物都是有利有弊的，需要我們抱著一種包容、客觀的心態去看待。曾經大眾接觸的資訊管道非常單一，大多也是灌輸式輸入，容易形成較為統一的價值標準。而現在不同，同樣的事物會有不同管道、不同角度的觀點與看法，是非觀就出現了模糊，也就容易讓一部分人迷失。但同時，每個人都擁有了表達自己的機會，也讓這個世界更加真實與多元。

隨著網路的普及，細分行業的每個領域都會湧現一些有影響力的人，這個時代一夜成名、一夜暴富的事情太多，也就會讓人變得浮躁與迷失，所以守住初心至關重要。我相信每個人在童年時都希望自己能成為一個優秀的人、對社會有用的人，只不過在途中經歷了太多的挫折，對自己的初心產生了懷疑。我想，之所以我會被這麼多人關注，一定是因為大家在我身上看到了他們想要的東西，如果真的是這樣，我會非常開心，會覺得自己經歷的這一場變故是有價值的。

其實我的很多患者都比我堅強，比如天賜和他爸爸。我們很難想像，一個孩子在兩歲被確診眼底惡性腫瘤後的每一天都在學著接受自己逐漸變成盲人的事實，也不忍去想一個有著這樣病重孩子的家庭，他父母家人其間的掙扎與絕望。

堅強，不是受過一次打擊後站起來，而是經過無數次打擊後，還能站起來，仍然微笑著告訴生活，放馬過來吧。

如果現在見到天賜和他的父親，你一定想像不到這樣開朗樂觀的父子倆過去的十幾年是怎麼度過的。我依然記得第一次見到天賜父親時，他眼神裡的絕望與渴求。

十幾年裡，他幾乎嘗盡了生活的苦，在火車站為別人拖行李期間，遭遇過無數白眼和辱罵；在橋洞裡睡覺時，經歷嚴寒與酷暑。他和我講過一件事，他說在火車站時曾被一個地痞欺負，當時那人逗弄天賜，拿出一百塊錢（人民幣）讓天賜磕頭喊爹。

天賜的爸爸本是一個脾氣非常好的人，那次直接與地痞幹起架來，然而他身體瘦弱，毫無優勢，被地痞幾下打趴在地。但他不服，一次次爬起來又被揍倒，直到他渾身是血爬不起來，還在大聲地吼罵對方，直至員警來才把雙方扯開。後來只要天賜爸見到那個地痞，他就高聲叫罵。

最後那個地痞終於被折服了，幾年後的一天，他特意拿了五百元（人民幣）來跟天賜的爸爸真誠地道歉，臨走時還對他豎起大拇指。臥病在床的時候，我經常想起這一幕，我覺得自己身上的疼痛就像那個地痞，別看它現在囂張，總有一天，它會被我戰勝。

堅持，就是最大的勇敢。

生活中從來不缺少苦難，雪上往往容易加霜，越是艱難可憐的人，越容易得一些重病。我在醫院見過太多太多有此經歷的人，但你不得不感嘆生命力的強大——越是不幸，他們反倒越表現出堅強的意志和對生活的感恩。和他們聊天，在他們話語中聽到的不是痛苦和抱怨，更多的是他們感念某某人曾經的幫助，感念某某醫生對他們的好，越是不幸的人越能感受到善良的珍貴。

我之所以選擇堅守在公立醫院，堅持在這個複雜冷門的領域裡鑽研，大致上來說是因為他們——我捨不得他們，如果我放棄了，感覺對他們來說是一種辜負。有時候我覺得我不是在救治他們，反而是他們在救治我，在我孤獨、迷茫的時候給我力量和希望，如同我對他們那樣。

•
•
•

除了天賜父子，我還接觸過很多讓我刮目相看的患者，比如一些愛滋病患者。他們原本是職場精英，一夜之間被病魔拉入深淵。我見證過他們最低谷的模樣，痛哭、失眠、內疚、絕望，過後又一點點爬起來，重新找回自己當初的樣子。這個過程漫長且痛苦，但他們走過來了。

還有一位山西的煤礦工人，在一次爆炸事故後，無數煤渣嵌入皮膚內，隔幾個月就要去醫院做手術取出皮膚內慢慢浮出的煤渣。他的雙眼也被炸壞了，做過大手術之後，兩眼的視力接近〇．〇二，意外失明帶給一個人的打擊比愛滋病更為致命。

他家境不好，上有老、下有小，自己是家裡的支柱，但讓我驚訝的是，他從來都是一副打不垮的樂觀模樣。他笑著和我說，自己在老家騎著摩托車滿大街跑，肆意暢快地笑得像個孩子。

我覺得沒有一個人是十全十美的，身邊的每個人都可以成為榜樣，他身上一定有你不具備的優點值得去學習。受母親的影響，我去了很多個國家，接觸過各式各樣的人，不同的民族、不同的信仰、不同的文化、不同的價值觀，讓我的眼界更寬，思考也更深，內心也就變得越來越包容。

我覺得做到包容的前提是尊重，尊重是雙方能平等地對話，不論是家長和孩子，還是上級和下級，若是一來就形成了話語的主導權，這樣就不是包容。其次是換位思考，我覺得這是一個非常重要的能力，因為一切溝通問題的源頭都是無法理解對方的感受，無論從事何種工作、處理何種事情，能換位思考的人往往更優秀。

正是因為這種尊重和包容，我才從不同的人身上學到不同的東西，每個人都是一顆鑽石，只是看你有沒有發現它的眼睛。

永遠不會有十全十美的人，那麼為什麼還要去完善自己呢？說到底還是要回歸到初心上。有一個正向的初心和目的，就像在大海裡航行的輪船找到燈塔一樣，會有一個是非對錯的標準，會有一個做與不做的準則。

榜樣，不光是那些頂著光環的大人物，更多的是我們身邊的人。若我們擁有一顆正向的初心，那麼就可以從不同的人身上找到裝點它的鑽石，當你迷茫、脆弱的時候，拿出來看一看，相信，一定會有新的發現。

第十章

上善若水

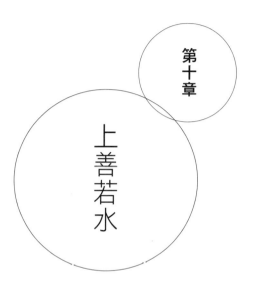

“

相信他人的善與世間的善，同時保持自己的善。

造成醫患關係緊張的源頭也許是信任的缺失。

”

信任，聽起來是一個很簡單的詞，信任父母、信任夥伴、信任伴侶、信任孩子、信任媒體、信任品牌等等。每個人都渴望被信任，然而每個人彷彿都經歷過信任危機——當自己不被信任時氣惱，當別人辜負自己的信任時同樣氣惱。信任就是在很多次被傷害後，潛移默化地在兩顆心之間豎立起一道透明的牆。

由於職業的關係，其實醫生是很容易信任患者的。所謂疾不忌醫，來找醫生求助的患者往往不會隱瞞自己的病情，醫生在這種職業慣性下，也就很容易信任他人。我就是個非常典型的例子，有時候會在生活中遇到推銷的人，我總能被他們打動，妻子總說我是一個生活中的白癡，對此我倒沒有太大挫敗感。

也許是因為沒有吃過大虧，所以我心裡覺得堅持信任他人是我的生活態度，他人欺騙了我是他的品行出了問題，我不能因此而放棄自己認為對的原則，否則損失豈不是更大。為此，妻子沒少和我吵，她怕我這種「單純」終有一天會變成一把砍向我的刀。出事後，妻子倒沒有以此事作為憑證追究我輕信他人的代價，但我心裡卻有了一些動搖，我真的還能堅持無條件地相信他人嗎？

信任他人從來都不是易事。一方面這是自己的選擇，就像我，我選擇相信他人，也願意堅守這份單純，因為我一直認為己所不欲，勿施於人。如果自己不信任他人，又如何期待獲得他人的信任？就算在這個過程中，我受到了一些侵害，但我依然堅信利大於弊，至少內心獲得安寧與善念。另一方面就是他人是否值得信賴，除了自己的選擇外，還需要一份具有智慧的思考，心明眼亮，能有足夠的判斷力，在面對謊言和騙局時最大限度地辨識和規避風險，並且能在必要的情況下採取相應的措施，防止信任的崩塌。

《老子》所言：「上善若水，水善利萬物而不爭。處眾人之所惡，故幾於道。居善地，心善淵，與善仁，言善信，政善治，事善能，動善時。夫唯不爭，故無尤。」這裡看似在講善，實則是在講相信——相信他人的善與世間的善，同時保持自己的善。所以我特別厭惡那種利用別人的善良和信任去為惡的人，不僅僅是因為由此產生的一些表像損失，更多的是對整個社會信任體系的侮辱和破壞。

我們醫院周邊經常會有一些人，透過製造悲慘的假像，比如孩子得重病無錢醫治，或錢包丟了一時無法看病等，利用別人對他們的同情和信任去行騙，而得到一點小小的利益。我經常在想，如果真的有人發生了這樣的不幸，是否還能得到別人的信任和幫助，如果不能，那到底是誰傷害了他。

在實習那年，有一天夜裡我在兒科病房跟著老師值夜班，突然一個男人抱著一個剛出生沒多久的嬰兒闖進病房，滿臉的焦急與擔憂，哭求醫師救救他的孩子。

當時我們的實習老師孫老師二話不說就接過了孩子，孩子全身發黃得像個小銅人，初步判斷是重度黃疸。此刻孩子的呼吸已經非常微弱，哭都不會哭了。醫生馬上抱著孩子衝進急診室，大家用盡全力還是沒能將孩子救活。出來後醫生向這個父親說明了情況，他蹲在地上失聲痛哭。

半晌，他立起身，深深向我們鞠了一躬，抱起孩子轉身消失在茫茫夜色裡。從頭到尾，沒有醫生讓他去急診掛號，去做檢查，按醫院的規定，病房是不能接門診的，尤其是這種急症。這位父親也沒有因為孩子沒有搶救過來而質問或懷疑醫生，他相信醫生已經盡了全力。

這就是信任的力量，也給了我很大的觸動，我理想中醫患之間的關係就應該是這樣——大家彼此信任，共同與病魔做鬥爭，可現實往往事與願違。

之前有一位醫生在坐火車時碰到有個旅客心臟病突發，形勢危急，他立刻進行搶救，但最終旅客還是走了。後來旅客的家屬開始和醫生糾纏，認為是醫生搶救不當害了人，後來又抓住他在外非法行醫這個點去打官司，最終結果我不知曉，但想必這個醫生應該非常不好過。

確實，從法律層面上講，醫生是不可以在醫院之外的地方行醫的。然而聽到這個消息的我特別心寒，受這件事的影響，我不知道是否還會有醫生在遇到同樣突發的事件時，敢英勇地站出來。

原本是彼此信任的醫患關係，因為一些負面的個例，讓整個大環境變得敏感：為醫者不得不小心謹慎，遵循著各項規定辦事；為患者不得不到處搜尋、打聽，託關係、找門路，生怕被誤診或誆騙。這樣也就造成了大量醫療資源的浪費：明明可以靠醫生經驗判斷的病症，為了保險起見，還是要讓患者去做大量的檢測；明明可以和患者多溝通一些診後的結果預判，但害怕無法肯定的言語會變成患者偷錄下來的投訴證據，只得閉口不言。而患者因為不信任醫生，不得不多掛一些醫院的號，問遍之後才敢確定哪個醫生說得更準確一些。這樣下來，惡性循環，醫生也累，病人更累。

在我從醫的這二十多年間，經歷過太多不被患者信任的事情，甚至遭到過惡意投訴或報復。

二〇一三年，我接到一個缺血性視神經水腫的患者，疾病導致她的眼睛有一塊陰影，而且她本身患有糖尿病，因而我在治療時格外謹慎，也反復叮囑她用藥後一定要控制好血糖。做完眼睛注射後，她心情焦慮，總是覺得眼睛腫脹酸痛，於是就跑來質問我。

檢查後發現並無異樣，但她仍不放心，不斷地要求我替她重新治療。面對她的無理取鬧，我毫無辦法，只能耐心地跟她講解，但結果是越講解她越多疑，自己又跑去網路上查資料，對自己後續可能產生的病症越發擔心。我實在沒有辦法解決她的心理問題，她便不依不饒地和我糾纏，最後又投訴了我。

這個過程讓我心力交瘁，使我對醫生這個職業產生了深深的疲憊感。與其他行業不同，在形形色色的患者面前，醫生無法選擇患者，患者是一個天然弱勢群體，相對而言，醫生會被認為是強勢群體，所以只要到了「評理」的地步，醫生會自然地被放在過錯方進行審判。

我和一個老同事聊起了此事，她沒有給我正面回答，而是講了一個她親身經歷的事情。

她曾經接過一個糖尿病引發眼底病變的患者，做完手術後，這個患者以手術效果不理想為由展開了「醫鬧」，目的很簡單，就是希望訛一筆賠償。醫院調查後認為手術沒有任何問題，她依舊不依不饒、無理取鬧，最後「披麻戴孝」地跑來醫院堵人，搞得我同事根本無法正常工作。

說完後她笑著看了我一眼：「你看，我現在還不是一樣在行醫嗎？這就是我們行醫路上必經的困難，如同唐僧取經，不可能一帆風順，你把他們都當成取經途中的磨練就好了。」

我被她逗樂了，內心也釋然很多。確實，從醫路途漫漫，充滿艱險，除了偶爾出現的特例外，大多數患者都是非常信任醫師的，尤其在我專攻葡萄膜炎以後，這類患者大都需要常年就醫，一來一往彼此都相熟了。我用我的真誠換取他們的信任，他們的信任也給了我十足的動力。每每我遇到信任危機時總會想到他們的臉，他們把自己的眼睛甚至生命，都交給了我，我有什麼理由放棄。

醫患之間的信任，需要建立在更完善的法律法則、更發達的醫療技術、更有人文氣息的醫療環境之上，現在網路時代正處於變革期，這一切也在不斷地摸索與改善中。

信任的背後是什麼？是真誠、善良和愛。如果每個人都能以這三項作為與他人相處的基石，那麼整個世界都將被信任的溫暖所縈繞。人人互信，一些不必要的矛盾、衝突和傷害也將會大大地減少。

第十一章

世界是怎麼來的

「你長大想做什麼啊？」
「當科學家。」
「為什麼？」
「我喜歡，想知道世界是怎麼來的。」

想來，我好像從沒有對學習太過抗拒的時候。小時候不懂學習的意義，只是覺得不煩也滿有意思，同時學習狀況良好還會獲得老師的表揚，所以成績還可以。

到了國中，數理化這些更為深奧的知識讓我深深著迷，可能和我從小對宇宙、生命感興趣有關，當看到不同物質產生奇妙的化學反應時，那種驚訝不亞於看一場魔術表演。

那時我最崇拜的人就是科學家，比如愛因斯坦、牛頓、伽利略、愛迪生，我認為他們不是發明了什麼，而是發現了世界的規律，從而利用這些規律創造出了新的事物。就像愛迪生發明了電燈，事實上電本身就存在，製造電燈的那些物質也存在，只是愛迪生透過不斷地學習和試驗發現了它們之間的規律並加以利用，從而創造了電燈。

我覺得學習就是知識對人的輸入和輸出，學就是輸入，習就是輸出。

我的學，不僅源於學校和老師，還有我身邊的朋友、家人，以及書木、影片，甚至玩耍與旅行。萬事萬物皆可學，所謂「讀書破萬卷，下筆如有神」是從書本裡學；「三人行，必有我師」是從他人身上學；「一花一世界，一葉一菩提」是從世間萬物學。

學，不是照本宣科地灌輸，而是一種在與書本、與他人、與萬物的接觸中的資訊輸入。而習，是思考和實踐——透過書本，我們習得閱讀和書寫能力；透過他人，我們習得溝通和協作能力；透過萬事萬物，我們習得分析、邏輯和辯證的能力——我們將輸入的資訊有效地吸收和轉化成思考及行動的能力。學習無處不在，它應該是一種生活態度和習慣，而不是一個只是在課堂上完成、在考試中證明、獨立於生活之外的功課。

我之所以成為別人眼中的「好學生」，並不是我有多聰明或者多努力，而是現行的教育體系恰恰適用於我。我喜歡書本，喜歡學習，所以自然就能從中找到樂趣，找到好的方法，然後取得了一點點成果。

我覺得每個人都是不同的，大腦構成、家庭環境、成長經歷等造就了每個人獨特的優勢。比如我的一個學妹，她其實擁有植物學家的好底子，她對花花草草的熱愛完全不亞於我對醫學的熱愛，她在陽臺上能種出各種奇異的花草，她懂得植物對溫度、濕度、陽光、空氣的偏好，還能舉一反三，延伸出好多自己得來的學問。如果有一套適合她的教育提升路徑，我相信她一定能成為一個出色的植物學家。

再比如我的一個青梅竹馬，他學習成績很差，但從小酷愛戶外活動。他上山捉蛇，能看出蛇的爬行痕跡並分辨出種類和大小，這種本領對我來說簡直堪比偵探，然而現在他只能在家鄉做一點小生意維持生活。所以我覺得，公共的教育體制還是有些像標準化生產，如果我們可以根據每個人的不同優勢去形成個性化的引導教育形式，就能發揮每個人的最大價值。

也許，未來的基礎教育會側重於基本的知識體系和生存技能，專業領域會細分，透過大數據、人工智慧、網際網路等手段，知識會實現共用，老師可遠端教學，打破時間和空間的約束，讓人可以隨時隨地學習。只要你對某一領域感興趣，你就可以一直找到相關的老師、課程去學，實現終生學習、因材施教。這樣就不太會出現從事的工作和自己所學的專業或者興趣完全不同的狀況了，每個人都能成就自己。

當然了，這有點理想化，但我相信在不久的未來，教育體制一定會有非常大的進步。現在很多報導裡會寫我的履歷有多優秀，這讓我特別慚愧和汗顏。之所以有這種心理，是因為我真的感覺到，在學習的海洋裡，我還稚嫩得很。對醫學的鑽研，我也是踩著前輩們千百年來搭好的階梯緩慢地向上爬，離盡頭還遙不可及。我幸運的是選擇了我感興趣的領域，所以我的每個階段都好像有不錯的成績，但我相信，每個人只要找到自己的興趣點，一樣可以取得同樣的結果。

我和妻子在教育孩子的層面上想法一致，我從來沒有要求或者指望陶陶長大後要成名成家。我們只是希望她能擁有一個獨立的人格，找到自己熱愛的領域並能從中創造個人價值和社會價值，成為一個快樂的人即可。

所以在她的童年，我們並不限制她的任何喜好，只要她喜歡，想報名什麼才藝班就去報名；如果確定她不喜歡，那該取消就取消。相較於成績，我們更關注她在學習過程中是否有思考能力，一味地死學、苦學會扼殺她的一些天分。

如果她對某方面感興趣，她一定會思考怎麼樣能學得更好、鑽得更深，這是人的天性。比如現在很多小朋友對電腦和手機都很感興趣，即便沒人教他們，他們也會像天生就會一樣，玩得比大人們還在行。

很慶幸無論是父母還是老師，都沒在我的童年將我的興趣扼殺。

我小學就讀於江西省南城縣盱江小學，去學校報名的那一天我印象深刻。當時周邊有一群帶著小朋友報名的家長，他們議論紛紛，探討著到底該讓孩子進資優班還是普通班。有的家長認為資優班老師講得快，作業多，擔心孩子負擔太重；有的家長認為資優班的老師和同學一定會更好一些。

母親就問我，你想上什麼班，我脫口便說上普通班。然後老師讓來報名的小朋友排成隊，一個個進去面試，大家年幼無畏仍然嬉笑打鬧。

我的面試官是一個留著齊肩短髮的漂亮女老師，她笑咪咪地問我：「你長大想做什麼啊？」

我斬釘截鐵地回答：「當科學家。」她被逗樂了並問我為什麼，我說我喜歡，想知道世界是怎麼來的。

後來這個女老師成了我的班主任。她姓李，非常和藹可親，很少看她生氣。有時同學們太淘氣，她便裝出一副生氣的樣子，其實我們都能看出來她是裝的。

有一次，我上課時看連環畫被她發現了，下課後被帶到辦公室。我心跳得厲害，心想完蛋了，要麼挨揍，要麼就得沒收我的書，甚至有可能叫家長。然而她只是說：「老師也很喜歡科學，你看的是《超人》吧，只有學好知識，以後才能做真正的超人哦。」我大驚，感動得眼淚都要掉下來了。

她繼續說：「如果要實現這個理想呢，我們還要學習很多知識，今天老師講的就是這些知識中最基礎的，你若是錯過了，以後就學不到了。連環畫，你可以一直看，不是嗎？」從那以後，我上課就再也沒有分心過。

母親也從來不阻止我看這些。她在新華書店工作，那裡有我喜歡的經典文學作品，數量稀少但我視若珍寶的科幻書籍，還有一些神話和童話故事書……所以看書有得天獨厚的條件。那時父母的薪水並不高，後來我才知道，母親當時工作時，全天都是站著的，所以腰痛得厲害。父親想讓她睡得好一點，決定買一個當時很流行的席夢思床墊，結果她把買床墊的錢陸陸續續都拿來給我買書了。

國中和高中我都是在南城縣第一中學讀書的，那時街上開了很多電動遊樂場，那裡對於我這麼大的小孩子來說簡直就是天堂。遊戲機和洗衣機一樣高，有個大大的螢幕，裡面有各種打鬥過關的遊戲。我把父母給的零用錢全部換成了遊戲幣，一放學就瘋了似的跑進去玩。經常會看到別的父母衝進來連打帶罵地把小孩子拖走，我無數次擔心自己也會被當場抓獲。

直到有一天，我父親坐在我身邊，遞給我一張紙，我一看，上面列了一排清晰的日程表，包括吃飯、上學、寫作業、看電視和睡覺，甚至打遊戲。他說，這是我幫你訂的計畫，你看一下哪裡不合適，我們可以商量。我便問他，是不是照這個表執行，其他時間你就不會管我了，父親點頭，於是我簡單地調整了一下就與父親達成了協定。為了能玩遊戲，我根本不敢違約，每天老老實實按著他的計畫執行。很神奇的是，這個計畫執行不過半年後，我就已經習慣了。到了高中，我開始對遊戲失去興趣，而制訂計畫的習慣卻一直跟隨我到現在。

在我的童年成長中，母親和李老師激發了我的興趣，而父親培養了我的習慣。我一直沒有放棄尋找世界真相的夢想，感謝他們保護住了我對未知的熱愛。

現在父親老了，早已退休，他迷上了茶道，對各種茶具、茶葉興趣十足。為了研究不同茶葉的產地和功能，他戴著老花鏡去書店翻書，上網查資料，還認真地做筆記。偶爾晚上下班回家撞見他，他總會興致勃勃地向我展示他新發現的好東西。我真的很開心他在這個年紀依然保有著對世界的好奇心，還能有此學習動力。

莊子說：「吾生也有涯，而知也無涯。以有涯隨無涯，殆已！已而為知者，殆而已矣。」很多人會以為莊子讓人少學習、多養生，實則我的理解是，在有限的生命裡去學你感興趣的東西，而不是只為證明自己了不起就把時間浪費在不感興趣的內容上，這便失去了學習的意義。用有限的生命去面對無限的知識，我們不可能學到所有知識，只能在自己感興趣的領域不斷地探索和深耕，從而充盈自己的內心，讓自己回顧自己一生時，無愧無悔。

「路漫漫其修遠兮，吾將上下而求索。」現在，我更常從讀書中、從工作中、從不同的人身上學：看書看到一些新的觀點，我會細細品味與思考；在工作中，每一個病例都不會完全相同，都會帶給我點點滴滴、或大或小的經驗；在與人交往中，看他們的為人處世，聽他們的過往經歷，和他們討論一些思想觀點，都會給到我不一樣的思考角度。

學習從來不是一種固定形式，而是一種生活方式與態度。抱著這種心態，根本不會覺得學習枯燥，反而會視之為一種樂趣。瞭解這個世界，才會更敬畏這個世界。

「學而不已，闔棺而止。」

求索

兩百萬年前的第四紀，
人類開始出現，
用充滿好奇的眼睛，
觀察整個世界；
紀錄天氣的變化，
思考閃電的形成，
人類總結農作物生長的特點，
同時積累中草藥治病的經驗；
從地下找到三疊紀的化石，
採取同位素檢測的方法追蹤年代，
在天上噴撒碘化銀的顆粒，
利用人工降雨的方法驅逐乾旱；
開發能源，獲得動力，
催化反應，製造裝備；

獲得思路，使用放射性元素，
殺滅惡性腫瘤，
汲取靈感，檢測遠紅外光線，
快速測量體溫；
噴氣式飛機，翱翔藍天，
核動力潛艇，穿行海底；
人工智慧，點燃未來的曙光，
深度學習，開啟嶄新的篇章；
科學的魅力，
引導我們對知識的探尋一路向前。

第十二章

認知與接納

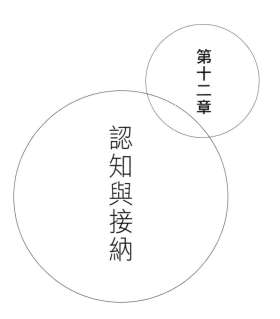

接納自己，
不僅僅是接納自己的天使，
還應包括魔鬼。

我一直覺得，人的前半生都在認知自己，後半生在接納自己。認知自己就是要真正地瞭解自己，瞭解自己的出身背景，原生家庭的影響、成長經歷、性格、優點與不足、夢想與恐懼等，知道自己是誰，未來要成為誰，自己能走到哪裡。接納自己並不是認命，而是對自己的未來有清醒的認知，接納自己的全部，妄念、遺憾、擁有與失去，佛學中所言「放下我執」即一種接納。

我小時候比較胖，所以同學們幫我取了一個外號叫「陶豬」，這個難聽的外號一直伴隨了我整個童年。它像一團黑色的煙雲籠罩在我的身上，無人能看到，但又時刻壓抑著我，讓我在很長一段時間裡都很自卑。

慶幸我父母給予我足夠的愛，自己的學習成績也還不錯，所以能以此來對抗和平衡。人的天性中藏有一種「惡」，就是攻擊與歧視少數群體，人會用這種對比優勢去獲得自身的認同感，於是就會導致各式各樣的歧視問題，也會對少數群體造成傷害。

實則，每個人都有可能在某一領域淪為少數，對此就會有相應的恐慌。最典型的心理開場就會說，別人都怎麼怎麼樣，我怎麼不一樣。追根究底，實則就是自我認同的問題。如果一個人自我認同的水準足夠高，那麼他在這種情況下會有更加客觀與適當的方式去處理面臨的問題；如果自我認同的水準不足，那麼這種陰影也許會影響他的一生。

法國兩位知名心理學家所著的《恰如其分的自尊》書裡曾言，人的自我認同需要構建一套健康的自尊體系，其中有三項是我極為認同的：一是自愛，二是自信，三是自省。

自愛，是無條件的，作為一個個體誕生到這個世界上，過好自己的一生是誰也無法替代的，自己對自己擁有著絕對的自主權，如果失去自愛，很容易過分依賴他人，比如父母、愛人或者團隊。一個不自愛的人，往往又極度缺愛，他在渴望愛的同時又沒有安全感，不斷地求證與試探，往往會適得其反。

我有一個女性朋友，在她十幾年的青春裡有過四、五段感情，可是每一段感情的結果都是相同的——對方決然離開，留下她滿身傷痕。她每每和我哭訴，前期我還能站在她的角度去分析思考，後來我終於發現她問題的本質——愛情對她來說勝於一切，她全身心的投入往往會造就過高的期待，兩個人的天平就會逐步失衡，最終崩塌。

其實愛情是兩個獨立人格的人彼此互助與成就的，一旦一加一小於二，那麼不夠自愛的那一方就很容易成為受傷者，這裡的「一」就是自愛的部分。

我還有一些患者，病痛讓他們成為少數群體，從而產生自卑心理，認為自己不值得被好好對待。面對病痛，他們悲觀消極，總會往最壞的結果去想，在治療上也不願積極配合，導致疾病更加嚴重。

我一直認為，心理對生理的影響是非常大的，如果一個人的精神消極，那麼身體的抵抗力會下降很多。很多抑鬱症患者其實就是在內心深處把自己放得很大，但又很空，自己無法填充自己空洞的精神，太過依賴外界的給予與肯定；一旦失去這些，便會陷入一種人生沒有意義的偏執思想裡，嚴重的還會導致輕生。

而過度自愛也會導致失衡，在愛情中過度自愛，會變得太過自我，不懂包容與付出，容易導致雙方難以磨合，最終分道揚鑣；在面對病痛時過度自愛，也會變得小題大做，惴惴不安、疑神疑鬼，難以信任醫生，自己身體有任何反應就會引發猜想，造成病情加重。所以自愛也需要找到平衡，所謂人不自愛，則無所不為，過於自愛，則一無所為。

每對父母都希望自己的孩子自信，每個人也享受自己自信時的狀態，但自信很大一部分是後天培養的，透過對自己價值的實現和認可來累積。

孔子周遊列國，到達鄭國後，有人罵他：「東門有人，其額似堯，其項類皋陶，其肩類子產，然自要以下不及禹三寸，累累若喪家之狗。」孔子聽後，欣然笑曰：「形狀，末也。而謂似喪家之狗，然哉！然哉！」這就是一種超強自信的體現。

自信是不因他人的評價而對自己真實的情況產生懷疑，也不會對他人的肯定或否定產生相應的認同或抵抗，這是自我一致性的高級境界。「人貴有自知之明」出自

《老子》：「知人者智，自知者明。」其實指的就是自信。

當一個人對自己有足夠的自我認同，就會有充分的自信，可以客觀地站在更高的角度審視自己，也就不易被他人左右。這也是為什麼我們常常會看到，有些人表面上非常自信，可是一旦遇到與其相對的觀點或者對他有所抨擊的言論，他的反應就會格外劇烈，這其實就是內心不自信造成的。

對自己的認同太過虛誇，認為自己掌握著絕對的話語權威，完全無法聽從他人的意見，就會因過度自信而發展成自大。所以我們經常看到越是強大的人外表越謙卑，內心卻非常從容，他們能夠吸收各種觀點，也會尊重所有不同的意見，在「自我」和「忘我」中找到平衡。

於我而言，從醫路上我初出茅廬時，一帆風順，獲得了一些小小的成績，在那個時刻我感覺自己有些膨脹，我開始在一些常見病症的診斷上毫不猶豫，對患者回饋於我的一些意見和感受也總是沒有耐心。然而當我接觸的行業大師和疑難雜症越來越多，我才更加感受到醫學的深厚，對自己的粗淺理解感到汗顏。當我用這種心態去迎接新的觀點、新的知識、新的技術時，我才真正感受到來自內心的一種力量，那種力量才是給我自信的源泉。

自省，是對自己的深度認知。曾子曾曰：「吾日三省吾身。」佛學中所言，見天地，見眾生，見自己，都是對自省的折射。人只有自省，方能瞭解自己、提升自己，這是一種高級的智慧。

芸芸眾生，大千世界，每個人存在於這個世界上都有著他獨特的魅力，世間萬物的循環變遷都遵循著一定的規律。相比起來，自我實在太小，否則怎麼會有那麼多人間苦痛需要去克服與化解。

人成長的過程就是不斷地完善自己，實現自己價值的過程，上面所提到的自愛與自信的平衡也需要在自省中逐步完善。「行己勤勤須自省，讀書亹亹要新功」，吾人最大之知識，係反躬自省。

自省不是盲目地自我反思與否定，而是客觀分析自己的所言所為，能換位思考，能跳出自我去審視，能放長遠去看，這需要智慧。而智慧除了源於外界的輸出，還源於自省的內化。

孔子言：「見賢思齊焉，見不賢而內自省也。」荀子言：「見善，修然必以自存也；見不善，愀然必以自省也。」人的思想品行也如木桶盛水，沒有人生來完美，而劣勢便需要自省去提升。

這次砍傷事件給了我很長的一段時間思考，除了凶手的原因，我也在想如何能避免類似悲劇再次上演。如果能構建一個和諧的醫療環境，除了關注患者的身，還能關注患者的心，把關注點從病擴散到人，站在一個更全面的角度去醫治，是否可以讓患者的感受更好一些，多一些正念？

無論自愛、自信還是自省，除了自我培養，很大一部分成因也在於家庭教育。孩子的一生其實都在尋找認同和價值感，如果一個人在童年遭遇重大的變故，這是孩子無法掌控和調整的，那這樣的孩子往往會欠缺自信；如果一個孩子在童年時被家暴，被嫌棄，很少被肯定或表揚，那這樣的孩子會很難自愛；如果一個孩子從小活在沒有理性評斷的盲目表揚和讚美聲中，那這樣的孩子也學不會自省。家庭教育對一個人獨立自尊的形成至關重要，而自尊又是形成獨立人格的重要成因。

誠然，每個人心中都有一個天使和一個魔鬼，我們很少正視自己內心的黑暗，那裡藏著我們太多不可告人的祕密。它真實存在，只有正視它才能看清它、對抗它。接納自己，不僅僅是接納自己的天使，還應包括魔鬼。

接納自己是一門大學問，我也仍在學習，我相信只有擁有足夠多的智慧才能化解內心的黑暗，也只有不斷地行走和學習才能讓自己的思想擁有足夠大的空間和感悟。這些都是一個人成長中必經的過程，所謂修行，大抵就是這個意思。

第十三章

沉默如雷

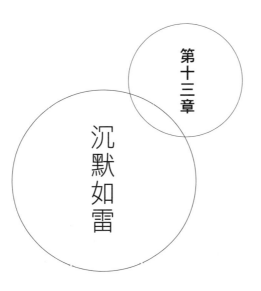

“孤獨的價值，是不能忍受孤獨的人難以體會的。”

我是獨生子，童年的時候父母工作都很忙，父親常常出差，母親一方面在新華書店早八晚六嚴格地出勤，另一方面還要照顧我的飲食起居並接送我上下學，忙得焦頭爛額，所以大多數週末或假期的時間，我都是獨處的。

我有一個屬於自己的小房間，因家境一般，所以我的小房間也很簡樸。但是我房間裡有一排長長的書架，上面擺滿了各式各樣的書，一張書桌在書架的旁側，是我日常讀書的地方。

那張棕色花紋的書桌陪伴了我整個青春，到現在它還依然擺放在那裡，我在那張書桌上面完成了小學、國中、高中的所有課業，也在上面看了數不勝數的圖書。書桌上除了檯燈、桌曆以及一些書本外，還有一臺我十分珍惜的磁帶錄音機，我會把零用錢好好地存起來去買一個自己喜歡的磁帶來犒賞自己，有時候讀書讀累了，我就會聽聽歌。我那時很喜歡陳百強，他的〈一生何求〉對我來說簡直就是世界上最好聽的歌曲，常常翻來覆去地聽，而晚上我躺在自己的小床上，就會夢到在書裡看到的那些神奇故事。

我們一條街巷上住著很多人家，也有不少同齡的小朋友。有時寫完作業，我們會討論一些電視裡演的武俠片，因為我看的書多，他們就老愛纏著我要講故事，我就會跟他們說《西遊記》、《封神演義》、《山海經》等一些奇幻故事，他們聽得入迷便總會來找我玩。

那個時代沒有手機，人與人之間非常親密，大人們互相串門閒聊，小孩們就從這一家跑進來，那一家跑出去，也不會擔心有危險。回想起來，那真是一個美好的時代。

有時候我會很羨慕別人家有兄弟姐妹的孩子，他們回到家後仍然有人陪著玩，而我回到家就只能在自己的小房間裡和自己玩。尤其當身邊的小朋友都不在的時候，我就會很孤獨，有時候會拿出跳棋自己一人分飾兩角，完成一盤對壘。

我央求母親再生一個弟弟或妹妹陪我，母親就會搖搖頭，笑著對我說：「媽媽有你就夠了。」

小時候也曾被年長一點的小朋友欺負，我不習慣和父母告狀，怕他們覺得我作為男孩子太過嬌氣，便只能自己悶在心裡慢慢消化。到了國中，功課逐漸多了起來，每天從學校回來，吃完飯就得趕著寫作業，完成作業後也到了該睡覺的時候了，所以和父母交流就更少了，加上我本身也比較內向，漸漸地也就習慣了孤獨。不開心的時候，我會看看書，讀書就像在與一個智者對話，很多心結也從書本裡慢慢解開了。

其實人生本就是一段孤獨的旅程，每個人都只能陪你走一段路。人是一個獨立的個體，在整個生命旅程中，就算是父母、妻兒也不能完全陪伴在側，很多問題也只有自己才能找到答案。所以孤獨感是一種很正常的心態，不必過於誇大或逃避它的存在。

年輕時，我也害怕孤獨，一個人走夜路、一個人旅行、一個人去陌生的城市，總會想，如果此時有個人能陪在我身邊就好了；一個人面對挫折、挑戰和不公時，心裡會更加難受，會渴望有人能理解我、幫助我。但往往這種時候很難找到一個可以真正幫助自己的人，和朋友訴說一下，大家也只是會給一些建議或者單純聽聽我的感受，問題還是留在那裡，只能自己去解決。

人近中年，應酬越來越多，朋友卻越來越少，幾乎沒有了能像大學時一群人毫無目的便待在一起的機會。有時候忙完一天的工作，走在燈火闌珊的北京街頭，會有種莫名的孤獨感。這種孤獨不是單純的沒人陪伴，而是內心的孤獨感——感覺自己在走一條長長的路，而這條路只能自己獨行。

這次受傷，我大多數時間是躺在病床上一個人待著，忍受著強烈的疼痛折磨以及各種灰色念頭的侵襲，這一切只能我自己去面對。在這期間，我其實滿感謝這份孤獨的，孤獨是有價值的，它會讓人有時間去傾聽自己的內心，自己和自己對話，然後思考，去自我解救和提升。

孤獨其實是相對群體而存在的，人天生就有怕孤獨的本性。原始社會時期，因為離群獨處就意味著危險，所以人需要和人連結，建立生存安全感。我記得小時候，街坊鄰里會特別熱絡，誰家辦紅白喜事，街坊們都會幫忙，這家借盤、那家借碗，把自己的房子騰出來給從外地來參席的客人住；如果誰家蓋房子，周邊的人會義不容辭過來幫忙；誰家有個急事，大家也是有錢的出錢，有力的出力。

現在想來，那時是因為人需要群體，脫離群體，這些事一個人根本解決不了，所以那時的人反倒不太會感到孤獨。現在隨著物質條件越來越好，社會分工越來越細，生活配套越來越齊全，一個人若是有錢基本上可以足不出戶地解決一切問題，所以人與人之間的需求就會大大減少，童年時的那種景象也慢慢地再也看不到了。

有時候人極力想獨立，但太過獨立也慢慢地失去了對他人的依賴，孤獨感就會隨之而來。所以，我覺得越是經濟發達的地方，人與人的連結越少，孤獨感就會越強。

有人說，現在網際網路時代，人們可以輕易地找到自己的興趣，認識和自己投緣的人，人怎麼會孤獨？但我覺得，網路時代讓人越來越容易相識，卻越來越難相知。看起來只需要在螢幕上點幾個按鍵就能找到各式各樣的人，好看的、有趣的，應有盡有，人們像進了不要錢的超市可以隨意選擇，反倒很難靜下來認真地去瞭解一個人，去愛一個人。

所以我覺得，孤獨在很大程度上可以透過和他人建立需要和被需要的連結去解決。當一個人需要別人時，他就會和對方產生依賴感；當一個人被需要時，他也會產生價值感，這兩種感覺都是治癒孤獨很有效的東西。

我有一位患者，是在我剛從醫時認識的。那時她五十多歲，我二十剛出頭，幾次接診下來，她特別喜歡我，說我和她在國外的兒子很像，沒事就打電話跟我聊天，有時還會邀請我去她家吃飯。

我在醫院值班時，她會做好飯菜送過來給我，看我衣服舊了，還把她兒子的衣服拿給我穿。老太太待我好，時間長了，我也很感動，就認了她做乾媽。

乾媽家裡養了幾條羅漢魚，養了很多年，乾媽把牠們當作心肝寶貝，結果有一次鄰居家失火，連帶把乾媽家的一部分也燒了，羅漢魚也被烤死了，乾媽哭得非常傷心，我安慰了半天。

那時我就在想，都說魚沒有記憶也沒有感情，魚可能對乾媽毫無印象，但牠對乾媽來說是特別重要的情感依賴。所以我們人也是，可能我們自己都不知道自己在別人心中的分量，也許我們也是某一個人心中的寄託，給了對方很大的依賴感。這樣看起來，我們也並不會孤獨。

蔣勳先生在《孤獨六講》中把孤獨分為六種：情欲孤獨、暴力孤獨、語言孤獨、思維孤獨、革命孤獨和倫理孤獨。

情欲孤獨，是指人需要感情，無論愛情還是親情、友情。佛家講究斷絕情欲方能圓滿，但我認為應將個人之愛轉為眾生之愛，一個人太過陷入情欲之愛中，如果得不到或失去，就容易陷入孤獨。

原始社會的人需要生存和自我保護，要去獵殺與侵占；現代社會，也有一小部分人存在暴力傾向，但更多的人透過運動或者遊戲去滿足內心的暴力需求，這些都是暴力孤獨的體現。

很多成年人會有語言和思維孤獨，隨著每個人越來越獨立，也就難以去傾聽和理解他人，所以很多人覺得有心事卻無處訴說，自己的想法不被他人理解，會覺得孤獨。古有八拜之交，講的都是知己的重要性，所以我認為人一定要有朋友，一個人如果能有三五好友或者幾個知音相伴，也是人生一大幸事。

革命孤獨聽起來很誇張，其實是指一個人對社會的雄心抱負，能看到社會的欠缺面並試圖去改變。這種使命感也讓一個人容易找到目標，比如醫學於我，我希望在自己的有生之年可以突破更多疑難病症，造福更多人。

倫理孤獨指的是「三綱五常」對人的約束，這也是文明的表現。

不管是哪種孤獨，我認為都是客觀存在的，也都有其利弊之處，最主要的是面對孤獨時，如何能看清它的本源，取其長去其短，將孤獨化為一種成就自我的力量。

很多時候，人都是在孤獨中成長和蛻變的，因為孤獨不僅會讓人痛苦，更會給人一種力量。孤獨中蘊藏著極大的思維能量，它給人更清晰、更客觀、更有條理的思維，從而使人做出巨大的改變。

孤獨的價值，是不能忍受孤獨的人難以體會的。

現代社會，表面上的孤獨很容易解決，一支手機可以連結萬千世界，影片、遊戲、音樂、文字，五花八門充斥在人的眼前，如果願意，每一秒都可以享受它，但是人的心是很難被這些完全填滿的。

感覺孤獨就像人的身體裡住著一個淘氣的小孩，你越拒絕它，它反應越強烈。相反，學會面對它、安撫它，與它和平相處，它就會變得乖巧、平靜，並成為自己的心理支撐。

如今，隨著年齡的增長，我對人生、對世界都有了更深的思考和理解，內心也堅定了很多，所以孤獨感也在慢慢消逝。

我享受一個人靜靜看書的感覺，享受一個人在陌生城市看看博物館、逛逛步行街，去瞭解這個城市的過去和現在，去感受它的文化和風情，就像走進了一個人的心裡，有種特別愉悅的充實感。

面對孤獨是需要智慧的，古人云：「君子慎獨。」意思是一個人獨處時，也能保持一致的情操和素養。對我來說，我希望自己經歷過生活的曲折、榮辱，依然能熱愛生活，坦然告別青春，迎接蒼老。

有人時，形如少年；無人時，也能安然自處。不為功名所累，不受情緒所控，永保初心，心中堅定，沉默亦如雷。

第十四章

月亮與貝殼

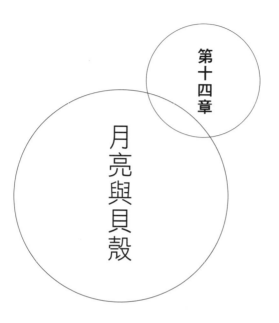

“掌握它，它就是武器；被它掌握，人就是奴隸。”

我出生在江西的一個小縣城，父親在檢察院從事一份普通的職員工作，母親是新華書店的一名店員，如同萬千普通人家一樣，平凡安逸。父母的收入並不高，小時候住在平房裡，家裡陳設簡單，每日飯菜也少有雞鴨魚肉。父母在生活上非常節儉，一件衣服能穿十多年，至今我家裡的床單被褥、鍋碗瓢盆很多還是他們剛結婚時購置的。

不過父母在我身上從沒有吝嗇過，我的吃穿用度他們盡可能滿足，在我的學業上他們更是傾其所有。所以小時候我對金錢並沒有太多概念：身邊小朋友有的我都有；我想要的，父母也會買給我。我就像一朵長在溫室裡的花，完全不知道室外會有酷暑嚴寒、風雨霜雪。

我記得自己是班裡第一個擁有自動鉛筆的人，父親在外出差時買了一支給我，我愛若珍寶，同學們也紛紛圍過來看，覺得用拇指按一下筆上面的按鈕就會彈出一截筆芯，甚是驚奇。

大家看起來都很羨慕，我就說，可以讓你們父母去市裡買啊。說這句話時我完全沒有炫耀的意思，就像晉惠帝所言「何不食肉糜」一樣天真。我記得在小學時，班裡有一位女同學，她在作文裡寫道，她每天要走十幾里山路來上學，放學回家還要割豚草，假期還要幫家裡務農，這樣才能湊夠她上學的學費。那時我才知道，原來不是每個人都有像我一樣的生活，也許在我看來平凡無奇的生活裡，也藏著別人無法企及的

「星辰大海」。

長大從醫後，看了很多心理學方面的書，我慢慢發現，其實人在童年時，往往缺少了什麼，長大後就會越追求什麼。缺少愛的人，餘生都在渴望愛、尋找愛，但又害怕愛、試探愛，和這樣的人相戀是一種非常艱難的事情。

缺少被認可的人，可能一輩子做什麼事都想向別人證明自己了不起，很可能讓自己越來越累、更加迷茫。從這一點看，我非常感謝自己的家人，雖然家境一般，但他們從未仰望金錢名利，而是更注重我思想和精神方面的培養，所以才讓我擁有比較健康的金錢觀。

古往今來，很多人對金錢是又愛又恨，東西方的思想大家也紛紛發表其觀點，有人認為金錢是邪惡的種子，它可以讓人迷失變性。西晉時，魯褒〈錢神論〉裡道：「錢能轉禍為福，因敗為成，危者得安，死者得生。性命長短，相祿貴賤，皆在乎錢。」也有人將錢財名利看淡，視金錢如糞土，生不帶來、死不帶去，沒有意義。

又如莊子在〈逍遙遊〉中言道：「鷦鷯巢於深林，不過一枝；偃鼠飲河，不過滿腹。」而孔子曾言：「富與貴，是人之所欲也，不以其道得之，不處也；貧與賤，是人之所惡也，不以其道得之，不去也。君子去仁，惡乎成名？君子無終食之間違仁，造次必於是，顛沛必於是。」他的觀點非常客觀，認為人的本性就是追求富足、厭惡貧賤的，只是君子愛財，取之有道，為富者應仁，為貧者應禮。

在我看來，金錢本就是一個工具，從最開始人們用貝殼作為交易工具，到後面演化成貴金屬，再到紙幣，它是社會發展中一項重要的文明創造，它是中性的、沒有情感的，只是使用它的人將它演繹成不同的模樣。以錢作惡，自然是惡的武器；以其從善，也是善的具象。

我也需要錢，但我並沒有把對財富的追求當作我人生的奮鬥目標。在我受傷後，有媒體挖出來我五年前曾為一位病人捐了兩萬元（人民幣）的事情，說實話，如果不是媒體爆出來，我自己幾乎都忘記了這件事。有朋友問我，你是不是很有錢或者對錢根本不在乎，所以才會有此行為。

其實五年前，兩萬元對我來說是非常大的一筆數字，但我還是做了這個決定，原因就如媒體報導中的一樣——我不能眼睜睜地看一個患者在我手裡失明。

從醫者，每天都會見到各式各樣的人間疾苦，我相信有很多醫生都做過類似的事情，這並不特別，談不上偉大，我覺得這是再正常不過的事情。醫生之所以成為醫生，在你選擇這份職業時就已經知道，這份職業並不會讓你大富大貴，相比從商或者其他高新技術工作，從醫之路賺錢艱辛又漫長，如果心中沒有一份熱愛是斷然堅持不下去的。

也可能正是醫生見慣了生老病死，對人生的感悟和看法會比常人更多一些，也會將金錢看得更淡一些，我們看過太多財富豐足的人在疾病面前仍然絕望無助，最終撒手人寰。因此，但凡能用錢換來的健康，我認為都是值得的，哪怕他只是一個我素不相識的患者，這是一種本能，僅此而已。

有人會說，既然你這麼慷慨無私，世間疾苦那麼多，你是否能做到絕對的奉獻。我說，不能。我也是普通的凡人，我不是佛陀可以完全犧牲自我、普度眾人。這實則是利己和利他的平衡問題，一味地強調利己，勢必會形成一個極度自私的社會環境；一味強調利他，也會成為一種道德綁架。

• • •

在我從醫的過程中，接觸過很多有錢有名的人，他們或多或少都會做一些善舉，這可能是人性中的閃光點——施人玫瑰，手有餘香。如果在保證利己的同時，人會做一些利他的行為，但如果危害到利己，人往往不會利他。

孔子有一則著名的故事，是在說，春秋時期楚國有個正直的人，他的父親偷了一隻羊，他便去主動報官，官府抓了他的父親並判處死刑，他請求代父受刑，最後楚王免了其父死刑。後來，葉公對孔子說：「吾黨有直躬者，其父攘羊，而子證之。」孔子聽後道：「吾黨之直者異於是，父為子隱，子為父隱，直在其中矣。」這個觀點曾一度引發後人的眾多討論，有人認為孔子境界不過如此，父子之間便可營私舞弊。

實則，今日再看，如果社會人人和那個「直躬」的人一樣，深思過後都讓人感到後怕，如果連血肉親情都難以建立信任，這是否是社會文明的一種倒退呢？這個故事實則就包含了利己與利他的關係。在我看來，利己與利他也是一種平衡，在承認利己的同時去宣導利他，這是一個很深的哲學問題。

我在歐洲留學時發現了一個現象，歐洲的公共交通設施也同樣設有老幼病殘專座，大家會自覺地不去坐那個位置，如果車上坐滿，有老人上車也鮮少有人讓座。在中國的公車上，如果一個年輕人沒有讓座給老人，就會遭到周邊人的鄙視，認為其缺乏教養。

這個現象也帶給我一些想法：「利己是錯的嗎？」我覺得在不影響和傷害他人利益的前提下，利己是中性且無可厚非的。這是一個人選擇的權利，我們無法要求每個人都絕對地利他。就像這次砍傷事件，雖然能理解傷人者的處境和心態，但我沒辦法原諒他；如果我寬恕了他的行為，那麼是否所有醫生都要像我一樣，在面對不公和傷害時必須選擇去犧牲、去寬恕呢？

利己是人的第一層需求，利他是人的第二層需求，只有第一層得到滿足，才會有可能實現第二層。利己是人的天性，利他是道德的影響，從有助於社會秩序來看，利己的優先序更高，價值也更高，而利他在其他管道上可以得到完善與提升。所以針對「直躬揭父」，把倫理親情放入優先考慮層面顯然是合理的。中國《憲法》還有其他一些相關的法律法規上也考慮到了這一點，在某些規定中排除直系親屬，這才是真正的文明。

我有一位企業高管的患者，他做了老花眼手術，植入了當時世界上最貴的晶體。與他在同住病房的患者是一位油漆工人，家在農村，有兩個孩子，全家靠他微薄的收入生活。由於工作條件差，太過疲累，他患有貝賽特氏症，導致眼睛反復發炎無法正常生活。當這位高管瞭解了他的情況後，主動捐了一萬元（人民幣）給他。

所以，錢是什麼？

它只是一個工具，用來滿足人的需求。如果這個工具能換來內心的滿足，它就有它的意義。比如，我捐錢給患者，並不是我多偉大，而是我覺得捐了這筆錢，我的利他之心得到滿足，這讓我愉悅。

我妻子也同很多女孩一樣喜歡包包，有一次我用自己存了好久的一筆積蓄買了一個名牌包給她，她開心極了，那時我就覺得這筆錢花得有意義。我的父母在自己身上節儉，把錢投在我身上，為我買了那麼多書，在他們心中一定也認為這是值得的。所以錢是中性的，在不同的人手裡有著不同的作用，那這個人的金錢觀就變得至關重要。

太過利己的人會將金錢用在滿足個人需求上，隨著個人欲望的不斷增加，對金錢的貪婪也會越甚。我們經常聽說一些有錢人揮金如土，完全就是在滿足自己的虛榮心罷了。

我個人認為，金錢是和幸福有關的，它至少可以解決沒有錢而造成的不幸。只是幸福不只有金錢這一支柱，還有太多比之更重的東西，比如親情、健康、價值感……如果為了金錢而損害了這些，就會適得其反，金錢的支柱太長，會導致幸福崩塌。

我曾經隨醫療隊去新疆做公益，政府扶貧，送給每戶人家四隻短尾寒羊，希望他們能憑藉養羊逐步脫離貧窮。一個星期之後他們去一個農戶家回訪，發現少了一隻，便問：「那隻羊呢？」農戶答道：「昨兒大舅來了。」

對此我分外不解，為什麼「羊生羊，羊又生羊」，養羊致富這樣無須思考的道理在他們那裡卻完全行不通呢？後來和他們簡單地溝通之後，我發現他們活得非常充實樂觀，並且對現在的生活非常滿足。

我不得不承認，真的有很多人如陶淵明一般淡泊名利，享受「開荒南野際，守拙歸園田。方宅十餘畝，草屋八九間」的世外桃源的生活。西藏人有自己虔誠的信仰，面對生活的傷痛，他們把它交給了他們的真主，用近一年的時間，全身匍匐地去磕長頭，一步一跪走上兩千公里去祈福。

在他們心中，金錢與此毫無關係。

金錢能做很多事，但它不能做所有的事。我們應該知道它的領域，並把它限制在其中；當它想進一步發展時，甚至要把它踢回去。金錢對於每個人的意義都不同，但它僅僅是個工具，不應是人生目標，更不應是心理枷鎖，客觀看待它，使用它，真正尋找自己內心的幸福吧。

錢幣

起初，
它只是海邊的貝殼，
靜靜地躺在那裡，
後來，
它被無數人拾起，
於是具有無以比擬的魔力；
當你饑餓時，
它可以變成美味的食糜，
當你落寞時，
它可以變成紅顏的知己；
常常，
很多人，
也因為它而忘乎所以，
甚至把道德和倫理踐踏在地，

它可以讓私欲，
膨脹得無邊無際，
它可以因為左右權力而獲得更大的利益；
掌握它，
它就是武器，
被它掌握，
人就是奴隸。

第十五章

北京，北京

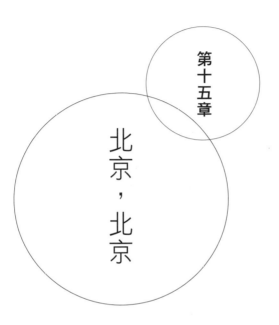

“我無比想念小胡同裡的豆漿油條，
三環上的三百路大公車，熱鬧的學生宿舍，
還有中關村沸騰的車水馬龍。”

到今年，我來北京就二十三年了，已經超過了我在家鄉的時間。

我對北京的感情非常複雜，很難用一句話準確地形容。二十三年來，這個城市也在我身邊日新月異地變化著，一批一批的人進來，又有一批一批的人離開，這個城市像一個沉默的老者，有著高深的智慧和涵養，從容不迫地看著生活在這裡的人們的喜怒哀樂，周而復始。

汪峰有一首歌叫〈北京，北京〉，我們這個年紀的人，幾乎每次去KTV都會唱這首歌。大家喝著啤酒，在酒精的催化下嘶吼著，其中真實的滋味，大概只有生活在這座城市的人才能體會。

小時候提到北京，首先想到的是課文裡描寫的天安門和人民大會堂，我至今還能記得那兩篇文章裡的一些句子。那時的北京，對我們小地方的人來說，就是夢想的殿堂，那裡有著最現代化的高樓大廈，也有著歷史傳承的名勝古蹟，它將現代與古典完美地融合在一起。

當太陽從東方升起，英挺帥氣的國旗護衛隊踢著整齊的正步走向廣場中央的旗杆，在雄壯有力的國歌奏樂中，巨大的五星紅旗在霞光四射下徐徐升起，這些畫面一遍一遍地在我幼小的腦海裡回蕩著。

我想，生活在北京的小朋友該有多幸福啊，他們在古老的四合院裡玩耍，在城牆下的草坪上放風箏，在槐花紛飛的胡同裡吃冰棒。看到一些課外讀物上發表的文章很多都是北京某某小學的學生寫的，就總是心生羨慕。也許就在那時，我的心裡就種下了北京夢。

大考填志願時，我毫不猶豫地選擇了北京。接到北大醫學部通知書那時，我們全家人高興極了，提前一個月就開始準備去北京的行李，一時想著得要帶這個，一時想著又要帶那個，真的有種春遊的心情。從大考分數下來那一刻我就處在一種極度興奮的狀態，晚上做夢都會笑出聲來。

直到現在我還記得，當時我們一家三口坐了兩天一夜的綠皮火車從江西來到北京，路途遙遠，火車擁擠，雖然疲憊但內心是愉悅的。沿途看著從南到北一路上慢慢變化的景致，覺得世界真是廣袤，我們太需要走出來領略一下大千世界了。

到了北京，我們第一站就搭上公車去了天安門廣場，那是我第一次真切地站在了北京的土地上，看到了自己想像中的場景。回想起寒窗苦讀的十幾年，父母為我學業的辛勞付出，我們一家人忍不住擁抱在一起淚流滿面。

現在想想，當時流下的每一滴淚，每一下蓬勃的心跳，都是夢照進現實的聲音。

開學後，同寢室五個同學，有三個是北京的。他們不僅學習成績好，眼界和思想也比我開闊，和他們聊天時總會覺得自己懂得太少了。他們還多才多藝，我的上鋪是一名國家二級游泳運動員，旁側那位寫得一手好書法，還有一位足球踢得特別棒。相比起來，我真的是只會讀書。他們熱情、善談，經常帶著我一起出去玩，受他們的影響，我對北京人的印象特別好，感覺他們非常大氣、不排外、不拿有色眼鏡看別人，和他們的相處也潛移默化地影響了我，讓我慢慢走出自卑，也能熱情大方地對待別人。

業餘時間，我會去北京的各大名勝景點逛逛，頤和園、圓明園、故宮、天壇等，當走進這些曾經在腦海中無比熟悉的場景時才發現感覺完全不同，不僅是那些巧奪天工的建築設計，更多的是蘊藏在內的歷史文化，讓我無比震撼和崇敬。

我之前讀到的那些故事、知識在這裡像找到了故鄉一般噴湧而出，清朝盛世幾代皇帝在這裡的點點滴滴一幕幕成形，相信喜歡歷史的人都會有此感觸，那些曾經跌宕起伏的悲歡情仇，那些曾經不可一世的英雄名流，在時間車輪的碾壓下，形成一幅幅靜默的單幀畫，只有作為配角的文字、圖畫、器具、服裝、建築、樹木留存了下來，向後人講述著那些動人的故事。每一項遺產都是人類智慧的寶貴財富，都蘊含豐滿的知識體系，讓人不得不由衷地尊重。

我在故宮感受幾朝帝王的雄圖霸業，在頤和園感受帝王家世的繁華與寂寞，在天壇感受莊嚴肅穆的信仰與祭祀，在圓明園感受國運興衰下的奢靡與殘酷。「究天人之際，通古今之變」，歷史是堅定者的臂膀，也是彷徨者的嚮導。北京作為有著三千年歷史的古都，有太多值得我去研究和思考的東西，它深厚的文化像看不見的血液流淌在這個城市中，每個生活在這裡的人都會被它所影響。

我讀研時期的宿舍是在積水潭橋附近的一個小樓，北二環以里。那時這裡還保持著老北京人的生活原貌，一棟棟青灰石磚建起的小房子、四合院、筒子樓密集地擠在這塊寸土寸金的土地上，擠出一條條狹窄的街巷供行人車輛來往穿梭。

清晨起來，小商小販已經準備好了一天的生意，早餐攤上擠滿了早起的人，有上班的、有晨練的，熱氣騰騰的豆腐腦配上炸得金黃可口的油條成了他們一天中的第一頓營養供給。午後，吃過飯的老頭、老太太們坐在房前的槐樹下，下棋的下棋、聊天的聊天，一些學齡前的幼兒在他們膝下嬉戲打鬧，日子過得和一路之隔的高樓大廈毫無關係，幸福安詳。

晚上，巷口燈火通明，就著熱鬧的音樂，老頭、老太太們找一塊略大的空地跳交際舞、廣場舞，下班回來的年輕人們開始鑽進街邊的小飯館，吃一碗炸醬麵或者約上三五好友吃一頓老北京涮鍋，聲音嘈雜而熱鬧，賣果蔬魚肉的小商販們大聲地叫喊著打折處理的最後貨物，一派祥和。

我特別喜歡這樣的北京，和我小時候看的電視劇裡的場景幾乎一模一樣，聽著帶有濃重兒化音的北京口音，有種深深的親切感。

二〇〇二年後，北京的發展速度隨著網際網路時代的來臨越來越快，眼見著三環附近立起一棟棟現代化的高樓，地鐵也一條條地建造起來。

我剛來時中關村還是一片平房，搭上網際網路的浪潮，像菜市場一樣喧鬧的中關村電腦城每天都會誕生幾個百萬富翁。那裡應該是中國第一批創業精英的夢想土壤，起初是各式各樣的硬體廠商開始崛起，聯想、北大方正、清華紫光就在那時到達了經營高峰；網際網路公司也如雨後春筍，搜狐、新浪、網易就在那裡從十幾個人的規模逐漸發展起來，成為中國網際網路界的翹楚。

因為在中關村上學，所以我眼見著一片片平房被拆遷，蓋出一幢幢高樓，時代的步伐比我們想像的速度還要快。我身邊的同學跟著這股風潮也發生了變化，有人配了電腦，接了網路線，聽著連上網路的撥號聲；幾個人擠在電腦前，在網路上搜索各式各樣的新聞和文章，感覺網際網路為我們打開了一個新的世界，這個螢幕可以呈現出任何你想要的內容。

我偶爾也會和一同考進北京的同學聚一聚。來到北京後，每個人都有了變化，高中時相似的稚嫩模樣此刻開始各自長出了自己的枝葉，有的同學開始做小生意，有的同學開始談戀愛，有的計畫著出國，有的尋思著買房，而我還和高中時一樣，老老實實地讀書考試，他們已然變了模樣，而我還在堅守著一個學生的夢想。

北京發展得太快了，城市的發展也吸引了更多的外來人口大量湧進。耳邊時常湧現出各式各樣的消息，大家都在談論某某混得多好，創業發了財；某某買的房子沒多久就漲了一倍；某某嫁了一個北京人，戶口有了著落等等。這些消息也或多或少影響了我，我有時也會迷茫，自己在這個城市到底要追尋什麼。

我把自己埋在醫學裡，儘量不去思考這些，潛意識裡，我覺得太貪圖物質名利有點違背我的理想。如果我關注這些，好像就有點辜負自己這麼多年堅持的東西，到底在堅持什麼，我也不太清楚。

•••

北京這座城市很神奇，二環以內一直保留著老北京的靜謐，而二環以外卻發生著翻天覆地的變化。我喜歡二環內的那股安靜，我在積水潭那個研究生宿舍一直住到了博士畢業。我覺得城市發展得太快會讓人心變得浮躁，讀書的人越來越少，玩遊戲、看網頁的人越來越多。我不知道這種封閉式的生活對自己是好是壞，但我很享受這種寧靜。

博士畢業後，我如願分發到北京大學人民醫院眼科工作，但我需要在外租房子。那時北京的房價已經很高了，對於一個剛畢業的學生來說，隨便租一個住所就能用掉近一半的薪水。為此我畢業前期一直處於顛沛流離的狀態，每次搬家，心中總會充滿無限傷感，很懷念在研究生宿舍的日子。但此時我不得不面對時代發展帶給我的壓力，我住得越來越遠，有時為了趕公車，凌晨五點多就要起床，深夜才能回到家。

我也有些迷茫，難道這就是我選擇的生活嗎？把大把的時間和精力浪費在路途上，每天疲於奔命，談何理想？我開始對北京萌生了一種退意，正在此時，我申請的德國留學通過了，於是我便隻身去往德國。

到了異國他鄉，我重新開始一個人的生活。德國人的生活極度安逸和寧靜，與喧鬧忙碌的北京形成鮮明對比，我開始無比想念在北京的日子，想念小胡同裡的豆漿油條、三環上的三百路大公車、熱鬧的學生宿舍，還有中關村沸騰的車水馬龍。我覺得正是那些平時有點厭煩的東西組成了有溫度的北京，在身邊的時候覺得好聒噪，但若不在了，一下子好似少了很多東西。

我在德國的那一年，北京迎來了近年來最光榮的一場全球盛會——北京二〇〇八奧運會。八月八日那天，我早早地守在電視前看開幕式，當那熟悉的普通話響起，我已經激動得全身發抖。張藝謀導演所導的開幕式晚會真是我此生見過最壯美、最震撼的演出，繽紛多彩的焰火燃紅了天空，上萬的演職人員在我眼前呈現出無法想像的視覺美景。當《我和你》響起時，我的眼淚再也控制不住，那時我就知道，我和北京已經有一種無法言喻的深厚羈絆。

第二天的晨會，我主動請纓上臺跟德國的同科同事分享北京，我完全沒有準備，幾乎是脫口而出講述了我心中北京的故事。講完後同事們響起熱烈的掌聲，他們的眼裡綻放出羨慕的光芒，我心中湧現出一股從未有過的自豪感，比我作為優秀學生代表在北大全校畢業生大會上演講更令我激動。

從德國留學回來，我結了婚，家裡人湊了一點錢在北五環外的立水橋買了一套十五坪左右的小房子。我終於覺得我在北京有了一個家，但壓力也隨之而來，妻子和我每天大多數的時間都消耗在路上。

結婚一年後，妻子懷孕了，想著孩子出生後若父母過來帶小孩，一個房間根本沒辦法住，但我的薪水卻也沒有辦法換更大的房子，那時的房價早已漲到令我望塵莫及的地步。父母開始勸我，要不離開北京吧，回到家鄉也一樣可以找到像樣的工作，還不用奔波勞累這麼辛苦。說實話，當時我心裡也很是猶豫，但我不捨，這種不捨裡有對我事業的熱愛，也有對北京的眷戀。

李潤在北京待了十多年，然後去了深圳。他和我說：「北京吧，也說不出來哪裡好，但來了的人都想在這裡留下來。」我想這就是北京的魅力，是一種用語言無法形容的感情讓這麼多人寧願辛苦也不願離開。

後來，我無數次思考，北京除了有著獨一無二的文化底蘊、風土人情以及新穎前瞻的醫療和教育資源等優勢，更多的是我感覺在北京生活的人都懷抱著一種夢想，而這種夢想不單單是物質名利，更多的是個人價值和情懷，所以來這裡的人總能找到相同的歸屬感。

而今我四十歲了，雖然我有了一套自己買的小房子，但由於種種原因，我依然還在北京租房住，我曾搬過十多次家，整個北京東西南北四向都住遍了。每搬一次家，我都會熟悉一個地方，多年下來，北京的地圖在一點點被我的行蹤點亮，我對它越來越熟悉。

我知道，就算有一天我買了大房子，這個城市也不會給我安全感，可能也正是這種不安全感，讓這個城市的每個年輕人都那麼努力，也正是一批批年輕人的努力，才讓這個城市散發著夢想的光芒。

夢想從來不會止步，人生也不會安定，我們都在不停地奔跑中尋找一種安全感，北京就是如此。

第十六章

四十不惑

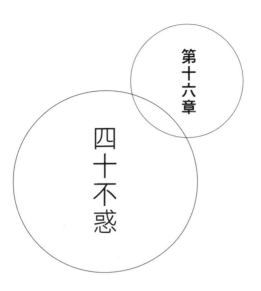

“

別迷茫了，湯要涼了。

”

不知不覺到了四十歲，在生活中，大學畢業的年輕人已經開始喊我叔叔了；在工作中，再也沒有患者因為我太年輕而質疑我的水準。現在，我名正言順地成了人群中的中年人，社會的主力階層。

有時候看著已經上了小學的女兒，我總會恍惚，我居然都有這麼大的孩子了，內心還總覺得自己仍是一個小孩，好像剛剛從學校畢業一樣。時間過得飛快，每一天都覺得匆匆忙忙，一刻也不敢耽誤，工作、學業、生活把時間塞得滿滿的，尤其三十歲以後，一年彷彿一天，什麼都沒來得及做就過去了。我經常在睡夢中驚醒，害怕自己老了，人生就這樣虛度過去了。

身邊的朋友們一個個相繼遠去，那些曾經一起打打鬧鬧、擠在一個宿舍裡談論未來的同學好多都已多年未聯繫了；那些說好沒事就聚聚的人，上一次相聚好像是幾年前了。

印象中身強體健、意氣風發的上一輩人開始進入老年生活，頭髮漸白，身體佝僂，拿重物開始力不從心，上樓梯也需要人攙扶，還有一些已然離世。那些印象中還跟在我屁股後面瘋跑的弟弟、妹妹們也一個個成婚成家，有了自己的小孩，談論的話題也逐漸變成了操持生活的艱辛。這一切都在水滴石穿般地行進著，而我很少察覺，猛然發現不免感慨時間的無情。

小時候，印象中那些三、四十歲的大人總是忙碌奔波，偶爾閒暇聚在一起喝酒談天，聊的也是我們小孩聽不懂的話題，感覺那是大人的世界，與我們無關。那時我總會想，等我長大了會是什麼樣，也會變成他們這樣嗎？說實話，我骨子裡是抗拒的，我總覺得自己一定會與他們不同，但怎麼不同卻並不太明白。

青春期，開始對大人們的事有所瞭解，那時叛逆，覺得大人俗，掛在嘴邊的不是賺錢就是別人家的八卦瑣事，毫無意義。有時候因為一點小事，他們會吵得不可開交，我就會想，都這麼大的人了怎麼思想還這麼幼稚。

那時，我和大人們越來越少聊天，感覺他們關注的永遠是一些表面的名利，內心都沒有一個崇高的理想，對人生也沒什麼追求。我更喜歡讀書，覺得書本裡的人才是我的知音，他們有思想、有內涵，這才是大人該有的樣子。

母親總會說，你們這一代人啊，趕上了好時候，一定要好好努力過上自己想要的人生。那時我就很抵觸，心想，你們也不是七老八十，大好年華完全可以來得及實現自己的理想，幹嗎要歸咎於時代的影響呢？

後來我工作、結婚，有了孩子，自己也成為中年大軍中的一員，每天忙完一天的工作後還要照顧家裡的生活，被電話、訊息時時刻刻纏繞，有時候忙到連吃飯、睡覺的時間都沒有，哪還有閒暇思考什麼人生理想，只覺得能安安靜靜睡個好覺就是萬幸了。有人說，每個中年人的背後都是一座大山，能過好一份平凡的生活已經是拚盡了全力，這時我才慢慢理解了這句話。

有時候慶幸自己所從事的職業是沒有年齡限制的，而且自我價值感還會隨著年齡的增長和經驗的豐富不斷增加，我對中年危機的感觸好像還沒有那麼深。

李潤和我說，現在很多大企業對中年人很不友好，很多崗位的人一旦超過四十歲，如果不是從事要職，就會是淘汰和裁員時第一考慮的對象；而這個年紀的人，往往上有老、下有小，一旦失去工作，身上所承擔的壓力可想而知。聽他這樣說我才恍惚能理解身邊的一些朋友，為什麼他們會那麼焦慮和脆弱。

有些朋友工作了好多年後，忽然辭職不幹了，在家裡一待就是一年半載，也沒個好的方向；有些朋友離開了北京，選擇回小地方做點買賣；也有一些朋友改行做了和之前完全不同的行業……我當時總會詫異他們的決定，認為他們不夠踏實和努力，一山望著一山高而已，如今我卻越發懂得了他們的苦衷。

中年人往往不太會表達自己的無奈，在朋友面前還要樹起一個堅強的模樣，實則，夜深人靜，他們輾轉反側，被生活的壓力壓得喘不過氣來。父母一天天變老，身體難免會出現一些問題，有些人不幸，父母長年臥病在床，不僅耗時耗力，光看病的錢就是一筆巨大的開銷。子女長大，面臨著教育升學的壓力，有些人為了子女的學業，夫妻一方就會選擇放棄自己的事業、全職陪伴孩子，那另一方就要扛起整個家庭的開銷。這些壓力是年輕人很難想像的，這個時候和他們談理想，真的有點「何不食肉糜」的天真。

我遇過一些患者，家境本就貧寒，一家之主的中年人忽然得病，對於一個家庭來說真是滅頂似的災難。他們來治病時很少提及生活，只是言語中委婉地請求儘量便宜一些。以前我總是會生氣，醫生又不是商人，怎麼可能按人估價，疾病面前，治療方案才是最重要的，討價還價是對醫生這個職業的侮辱。但現在，我開始懂得了他們這句話後面的無奈，人越長大越會共情，因為自己經歷過，所以能理解這份艱辛。

我從不覺得這世上會有真正的感同身受，沒有哪一種痛苦是能夠靠感受來真正體會的，我能做到的就是盡可能地幫到他們，在治療方案上盡力做一些平衡，同時多瞭解他們的心理狀況，和他們聊一聊，醫生的話往往會讓患者心生信任，給他們一些希望和力量，往往比治療本身還有作用。

中年群體是這個時代的主力大軍，但也是很脆弱的一批人。他們的脆弱來自沒人理解他們的脆弱，也來自社會不允許他們脆弱——中年人的絕望，往往是無聲的。

我感恩我的父母、妻子替我扛下了這些壓力，其實很多時候我只需要全身心地投入事業中即可。即便如此，我也經常會覺得累，會覺得孤獨，有時候遭遇患者的不理解和不信任，下了班還要擠一個多小時地鐵回那個租屋處，我也會失落，覺得自己再努力又怎麼樣，還不是過著如此艱辛的生活嗎？但這個念頭也僅是一閃而過，我對事業的熱愛完全可以抵消掉這些。

我其中一個患者是做程式設計師的，三十六歲，疫情期間公司裁員，他失業了。在找新工作時他才發現，這個行業裡的很多企業都不再找超過三十五歲的人，而他的妻子在小孩出生後就已辭職在家。

他在遠郊買了一處房子，為了孩子上學只能在市裡租房住，一個月六、七千（人民幣）的房租，他還有一輛用來接送孩子的車……他和我說：「醫生，我的眼睛可不可以不治，或者點一點藥水扛下去？」

後來他和我說自己把遠郊的房子便宜賣了，想著等眼睛好了就去創業。我也被他的樂觀所打動，心想他之所以有這股激情，很大程度是因為妻兒給他的支持和他自己的改變——他接受了中年危機這個挑戰，並且信心滿滿。

家庭的力量對處於中年危機的人有著不容小覷的影響。我見過太多中年人，他們在中年時特別孤獨，很大一部分原因是多年來夫妻間的溝通越來越少，感情在柴米油鹽中消磨乾淨。這個時候外部的壓力襲來，他們完全無法抵抗，此時他們需要的往往不是錢，而是一種愛和希望。

夫妻之間，患難與共才是最重要的，中年人隨著家庭的成立，朋友會越來越少，只有伴侶才是身邊最值得信任和依賴的人。愛情不僅僅是兩性吸引，還是一種責任，這種責任要求雙方縮小自我感受，去照顧和關心對方。夫妻是後天的親人，感情是需要雙方一點點培養出來的，而太多的人總會站在自己的角度去要求對方，認為一旦結婚對方就要無條件地對自己付出。

事實上，結婚才是婚姻的開始，婚後才是雙方真正培養感情的時候。婚姻不僅僅是包容和接納對方的所有，自己也要跟著婚姻一起成長，共同成長的婚姻才有可能走得長久。如果擁有一段幸福的婚姻，中年危機感就會小很多，就像暴風雨襲來，脆弱的房子會瞬間支離破碎，而堅固的房子卻屹立不倒。

有朋友經常和我抱怨婚姻的不如意，其實想一想，相比中年危機這場暴風雨，做一點家事，退一步認個錯，多主動傳幾個暖心的訊息，也太容易了些。

很多中年人人生走了過半，反倒失去了方向。年輕時，一心想追求財富、名利、愛情，到了中年要麼已經實現，要麼也意識到實現不了。這個時候，有些人選擇繼續沿著這條路走下去，有些人開始對這條路產生懷疑，從而失去興趣。

現代社會生活中，財富名利固然重要，它甚至成了評判一個人價值的標準，但是否苟同於這種標準卻無關於他人，取決於自己的內心。

大學時，有一次哲學課的老師出了一份作業，讓大家回去設想一下自己如果寫一本自傳，會取什麼書名，其實老師就是給大家一個思考的機會——自己到底為什麼活著。是為了功名利祿嗎？也未嘗不可，如果你在過程中感覺到充實、幸福，這也是一條普世的成功之路。可也有一些人並不是為此而活，他們在實現了功名後反倒覺得空虛無聊，那麼就要想想自己的人生目標是什麼。

有些人希望經營一個幸福的家庭，有些人希望創造一個改變世界的事業，有些人致力於藝術，有些人苦苦思索人生的意義，這些其實都可以作為自己人生的方向。如果方向清楚了，中年危機也只能算作前進道路上的一個困難，就會有勇氣去面對它、克服它。

就像我的那位患者，他說自己的目標就是經營一個幸福的家庭，把孩子培養成一個優秀的人。那麼，失去一份工作，賣掉了房子，其實只會影響他實現目標的一些條件，並不會撼動它的本質。他租房子，過著清貧的生活，一樣可以把日子過得幸福，甚至有了更多的時間去陪伴和教育孩子，所以他沒有迷茫。

論語講，四十不惑，其實就是四十歲的時候要清楚地知道自己是誰、擁有什麼、想要什麼，而不應該被周遭的價值觀所影響。社會的競爭激烈，人生不如意十有八九，要甘於平淡，但不能甘於平凡的潰敗。從某種角度來說，每個人都是平凡人，只是在平凡的生活中擁有一份堅定的信念和面對挫折的勇氣，才是真正的平凡英雄。

未來，隨著醫療技術的發展，人類的壽命將會越來越長，如果四十歲已經感覺老去，那麼接下來漫長的半生該如何度過？真的要渾渾噩噩了此一生嗎？碌碌無為並不可怕，大多數人其實都是碌碌無為的。不要問年齡，只問自己是否還有對生活的熱情，只要覺得自己內心充盈，哪怕是極微小的，那也是有意義的人生。

中年危機應該是發生在本身生活就有危機的人身上的，那個危機不是來自外部，而是來自自己內心，它在給你一個機會，問問自己要什麼。達文西在離世前筆記本上還寫著，一定要搞清楚啄木鳥的舌頭是什麼原理。

別迷茫了，湯要涼了。

第十七章

從春遊到溺水

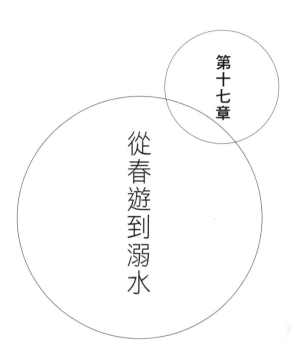

“

幸福的反義詞是什麼，是不幸嗎？
我覺得是麻木。

”

李潤問我，如果幸福指數是一百分的話，你現在會給自己幾分。我說，九十八。他大為驚訝，怎麼會這麼高？我也有點詫異，怎麼，你不幸福嗎？他說，這個問題他問了好多人，多數人的回答都沒超過八十分，不知為何我會有這麼高的分數。

我也有點奇怪，為什麼會有這麼多人感覺不幸福呢？我就問他，那你覺得哪裡不幸福？他一時也答不出來，只是覺得好像並沒有那麼快樂。我突然明白了，原來很多人認為幸福就一定要天天快樂，這確實有些難。其實，對幸福過高的標準定義往往是造成不幸福的主要原因。

幸福的反義詞是什麼，是不幸嗎？我覺得是麻木。

當一個人對幸福的感知力越來越少的時候，就很難體會到幸福。在聽《積極心理學》課程時，有個特別形象的觀點讓我記憶深刻，說是現在很多成年人對於幸福的追求分為兩種：一種是溺水模式，就是認為只有解脫的那一刻才會幸福，在此之前都要忍受痛苦。比如，有些人認為，發財了就幸福了，找到一個愛人就幸福了，創業成功了就幸福了……而在實現此目標前，就是得忍耐痛苦的過程。

另一種是春遊模式，就是整體從過程到結果都是快樂的。就像我們童年聽到春遊的通知會開心得跳起，會回到家快樂地做準備，然後坐上大巴士愉快地和同學們聊天，到了目的地後的每一刻也都十足興奮，整個過程都充滿著幸福的感覺。

我們成年後，很難再有這種感覺，慢慢地從春遊模式變成了溺水模式，其實就是對於幸福的感知力開始變弱。

也許是我接觸的病患太多，見識了太多的苦難，所以我對自己擁有的格外珍惜和知足。大家無法想像，對於一個眼睛看不見的人來說，擁有一雙健康的眼睛是多麼幸福的事情；對於一個因為貧窮無錢醫治疾病的人來說，一萬塊錢是多麼重要。這些道理很多人都懂，但我真真切切地接觸到了他們，所以我經常覺得老天給予我的足夠多：能每天睜開眼看到天空，可以住在一個無須忍受暑寒的房子，可以步行走到地鐵站，可以有一份穩定的工作……這些都讓我非常感恩。

我相信人與人、人與世間萬物之間有一種超越語言和行為的連結，如果能用一種正念的思想與世間相處，人就會收到相應正念的回饋。過去的已經過去，未來也是不確定的，我能擁有的只有此時此刻。

感受一枚樹葉從空中飄落，飄出漂亮的弧線，感受一枚橘子瓣在口中爆裂，清甜的滋味蘊藏著大自然的饋贈，這種微小的幸福都是值得珍惜和體會的。當我用這種心態去生活時，我會覺得每時每刻都有種充實的幸福感。

不把某種目標當作幸福的唯一砝碼，而是用一種正念的心態去面對當下，用樂觀的心態去構建未來，這種人往往無論取得什麼結果，內心都是幸福的。比如天賜父子和薇薇母女，他們能時刻地感知到生活中的美好和善意，所以他們對看似絕望的未來依然心懷樂觀。直到現在，即便天賜和薇薇都全盲了，我仍然能感受到他們身上那種幸福和樂觀的氣息，所以幸福不是外部給予，而是內心發起。

幸福是什麼，我覺得就是從內心湧現出來那所謂的對現狀的滿足，但要做到這一點真的太難。有句話說，沒有對比就沒有傷害，同理，我認為沒有對比也就沒有幸福。太多的人總是會用他人的標準來要求自己，有錢了，還要更有錢，有名了，還要更有名，這種不滿足往往會造成心理上的焦慮和挫敗。

實則，我們大多數人所擁有的——有乾淨的水喝，有安全的居所，不挨餓受凍已經比全球一半的人要幸運了。《老子》曾言：「罪莫大於可欲，禍莫大於不知足，咎莫大於欲得，故知足之足，常足矣。」而學會知足是一種思想境界，如果能身體力行地去幫助一些境況不如自己的人，這種付出往往也是一種回饋。因為對比，更能珍惜自己所擁有的；因為付出，更能體會到自己的價值：這何嘗不是一種幸福呢。

李潤說，你說的這些道理相信大多數人都知道，只是現代人大多數都已過了之前的物質需求時期，到了精神追求的時代。我們上一輩人經歷了戰亂、饑荒，所以吃飽穿暖、有錢有事業、安穩過一生就是他們最大的追求。這一代人在延續這種價值觀的路上越發迷茫，他們發現擁有了物質，但並沒有到達他們幸福的彼岸。

我也承認，我接觸的患者中，有很多豪門顯貴的人，擁有著別人羨慕的條件，但其實他們並不幸福，我也經常看到一些名校學子或者事業有成的職場精英突然輕生的新聞。確實，物質並不能完全實現幸福，它只是一個基層的需求，而幸福更多的是需要從自己的信仰裡找尋，這是一種自己堅信並能從中獲得力量的信念。比如，有些人把愛當作信仰，在愛和被愛中他就能獲得幸福；有些人把愛好當作信仰，在全身心投入愛好中時，不計較回報也能獲得幸福；像我，把醫學當作信仰，在鑽研和實踐的過程中能感受到充實與滿足，這也是幸福。

我們這一代人，最重要的是要找到信仰，只有信仰能讓人活得更加有目標感和價值感，它是迷失時遠方的燈塔，也是痛苦時的一種安慰。當一個人有了信仰，物質就會變得更加有意義、有價值，而不只是唯一尋求的目標了。

如何實現幸福，其實我也沒有準確的答案。只是我覺得對幸福太過狹隘的定義，往往是不幸的原因。很多人認為，幸福就一定要每天開心、快樂，沒有煩惱，然而人的情緒中，悲傷、內疚、悔恨、憤怒同樣有它的價值，就像一顆鑽石，因為擁有多面才能綻放光芒，內疚讓我們彌補過失，悔恨讓我們自強，憤怒讓我們對抗不公，所以要接受生活本身就有晴有雨，有起有落。沒有淤泥，怎能開出蓮花？回首過去的諸多挫折，往往也會有種欣慰和感恩，感恩曾經的自己那麼堅強地走了出來。

有人一生都在尋找安穩，內心卻總沒有安全感，害怕失業、害怕失戀、害怕落於人後、害怕老無所依，這種對安穩的執念也會導致不幸福。我覺得人生怎會安穩，正是因為充滿不確定性，人生才顯得如此值得期待。就像騎自行車，不動就會摔倒，在騎行中不斷地尋找平衡才能穩定地行進。人生也是如此，在行進中，太多的不確定性反而會遇到不同的選擇，在選擇中平衡、面對挫折，沒有倒地不前，內心有種面對不確定性的自信，才是幸福的最大動力源泉。

曾經有心理學家做過一個有意思的調查，他們對一群中了大獎的人進行追蹤。在很多人看來，這些人一夜之間實現了財富自由應該可以享受幸福了，然而結果卻讓人大為驚訝。這些人平均一個月的時間就回到了曾經的心理狀態，甚至更加煩惱，因為一夜暴富是解決了曾經的一些問題，但也會帶來更多預想不到的其他問題。

我小學的時候，家鄉小鎮裡的一名農村老太太，買彩票中了八萬元的現金大獎，要知道在當時，我們整個縣裡萬元戶都很稀有，這一下子就改變了她原本貧困的生活。結果她的子女親戚開始為此爭搶，對她造成極大的痛苦，沒幾個月老人就去世了。

這件事情讓我反思良多，人生是需要一個目標，但這個目標不應該是一個有限遊戲，過程才是一個人幸福的綜合體會，所以用積極的心態去擁抱不確定性，給自己一個強大的信念，才是通往幸福的必備條件。

積極的心態和強大的信念說起來容易，想擁有並非易事。對此心理學家做了另一個調查，就是對一些意外致殘的人進行追蹤，研究人在經歷巨大的打擊後是否還能找回樂觀的心態。結果發現，除了一些極特別的個案，大多數人平均用一年的時間就可以從傷痛中走出來，重回受傷之前的狀態。人的抗壓力、環境適應力以及求生的能力都是超乎想像的，永遠不要小看自己，也不要放大痛苦，我們完全有能力透過自己的努力去塑造正向的心態。

人在面對某一種痛苦時，有一個很有效的緩解方法，就是自我解離。當人陷入一種痛苦中難以自拔時，要試試自我解離，把「我好痛苦」變成「我現在正在被一種痛苦捆綁著」，把自己從主人公視角變成旁觀者視角，也就是我們常說的「當局者迷，旁觀者清」。

人們在作為旁觀者時往往能理性又平和地看待和解決問題，而輪到自己時常常又左右徘徊無法自救。每每我遇到此類問題時，我都會想到這個方法，然後自我解離，再去觀察自己，體會那個痛苦的來源和形狀，然後儘量把它客觀化，然後會發現它就像一團氣體籠罩著我，只需要一股風就可以將其吹散。

我有一個抑鬱症的患者，他說他一度被抑鬱症折磨到差點自殺，每次抑鬱情緒湧上來的時候，他都無比痛苦，覺得全世界都是黑暗的，身心都受到一種巨大的摧殘。

後來在醫生的幫助下，他開始自我解離，去審視抑鬱症：是什麼讓抑鬱症發作、發作時會是什麼樣子的、抑鬱症的是害怕什麼……

慢慢地，他開始能和抑鬱症相處，他說抑鬱症就像一隻猛獸，如果你害怕它，它就會無比凶惡；如果你正面與它對視，一點一點地找到它的弱點，然後去馴服它，它就會變成一隻乖巧的寵物。

幸福是一個過程，從來不是終點。

不如問自己：「假如你現在的問題已經解決，你要過什麼樣的生活？有錢了，你會做什麼？辭職了，你會做什麼？擁有愛情了，你會做什麼？」如果有答案，不妨現在就可以看看，是不是可以不用等那個前提，有些事就可以進行了。

第十八章

念念不忘，必有迴響

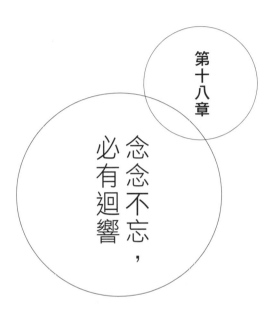

至少你還有呼吸，有心跳，有意識，
你可以選擇去愛這個世界，
愛自己的身體，愛周邊的人。

愛是一個大的主題，幾乎所有的文學和影視作品都對其有所折射，有對自我的愛、對親人的愛、對愛人的愛、對社會的愛、對職業的愛、對家國的愛、對世界的愛。

我一直覺得愛是人類存在於這個世間最強大的武器，也是最脆弱的軟肋。為了愛，我們才存在。有愛慰藉的人，無懼於任何事物、任何人。我不敢想像，如果世間沒有了愛，那該有多麼冰冷，甚至萬物都失去了存在的意義。

在我心中，愛是多元的，因為人是個體，也是社會的一分子，是家庭的成員、是公司的職員、是世界的公民……在不同層面上擁有不同的愛，最終才能構成一個如鑽石般閃耀的多面體。

愛是人生而就具備的一種能力，先是父母的愛，再是對朋友、對愛人、對職業、對社會的愛……隨著心智年齡成長，愛就像水慢慢從小我到大我流淌，浸潤了世間。

我在醫院每時每刻都可以感受到愛，每個患者對生命的渴望其實也是對自己的愛，每個家屬對患者的關心是對家人的愛，醫生對患者的治癒是對他人的愛，那麼多志願者、陌生人對素不相識的人幫助與付出，那麼多科研工作者傾注熱血去攻克疾病，這是大愛。

這次受傷真的讓我體會到了世界有大愛，看著那麼多陌生人給我的留言，那擺滿走廊的鮮花，我心中萬分感慨，我只是一個小小的個體，卻有這麼多人用他們的行動告訴我，我們遠比自己想像中更值得被愛，也正是因為這些愛，讓我有勇氣走了出來。

愛與被愛是不可分割的，越是有愛的人越能獲得更多的愛。所謂「念念不忘，必有迴響」，如果用一種愛的意念去對待他人、對待世界，這種磁場同樣會吸引到愛，這也是禪修所說的正念修行。

我在德國的時候，看到機場有很多計程車司機在排隊候客。我朋友告訴我，這些司機通常需要排兩、三個小時才能接到客人，如果客人是短途的，基本上他們大半天就浪費了，所以德國人會自覺地根據自己的路途遠近而選擇是否乘坐他們的車，如果是短途，他們寧願走到外面再去攔車。

我聽後還是滿感動的，這就是陌生人之間的一種善念。有時候幫助他人真的是舉手之勞，可是太多人低著頭忙碌，眼睛裡很難有他人，更看不到他人的需要。如果在日常，利用一點時間去觀察一下他人，體會一下他人的疾苦，去盡一點綿薄之力，其實是一件特別幸福的事情。

大學畢業後，我參與了很多公益活動，無論是「健康快車」，還是走進社區和學校做一些眼睛保養的活動，或者透過一些文章或影片進行眼睛健康的宣傳和普及，這些事都讓我的內心很充實、愉悅。我跟著「健康快車」到過廣東韶關、江西樂安、吉林白城、河南漯河……歷時一年，做了近六千臺手術。

這個過程無關任何名利金錢，純是公益奉獻，患者對我也極度信任，我也盡我最大的努力去幫助他們，這種實實在在被需要的價值感，讓我內心極為充實。

很多人說我心中有大愛，實在愧不敢當。大愛是一種境界，就像爬高山，不僅需要內心的赤誠和愛，還需要智慧和能力。

小時候，我們以為愛就是給予：對方餓，我們給食物；對方窮，我們給錢。事實上這種愛很狹隘，有時會適得其反。曾經有一個名人，他捐助了一個山區的孩子，結果這個孩子上大學後一味地索取，利用他的善心步步相逼，搞得他筋疲力盡。這也說明了自己認為的愛有時候反而會害了對方。

我聽過太多公益大使說，公益這條路很艱難，授人以魚不如授人以漁，如何授人以漁是需要智慧的。我自認為自己還沒有達到這種境界，我還需要繼續修練，希望透過更有效、更智慧的方法將愛心放大，讓愛有著正向作用。

由於職業原因，我一直關注著盲童這個群體，尤其是孤兒盲童。他們像被暴曬在陽光下的種子，身心都需要愛的滋養，我希望透過我的微薄之力，能帶動更多人幫助他們，不僅僅是捐錢捐物給他們基礎的生存保障，還需要給予他們更多的尊重以及職業的扶持，讓他們能在這個社會上獨立生存，找到自己活著的價值和意義。

經過這次危難，我也發現，最需要愛心的地方其實是醫院。醫院集中了太多被病痛折磨的患者，也集中了太多忙得不可開交的醫護人員，這兩者其實都需要更多的公益支援——給患者一些幫助和安慰，讓他們在疾病面前多一個臂膀；幫醫護人員一把，維持一下秩序、保護一下安全，讓他們有更多精力專注在治療上。現在我們很多公益行動都獨立於醫院之外，接下來我也希望透過一些方法把公益組織引入醫院，共創一個和諧有愛的就醫環境。

而感知愛，也是一種重要的能力。成年人的世界，壓力總是會被藏起來，人們習慣自我排解，然而不是每個人都有排解壓力的能力，時間久了就會影響身體健康。

我覺得排解壓力主要有兩種方法，第一種就是自我的正念冥想。當感受到壓力時，給自己十分鐘的獨處時間，把大腦放空，靜靜地感受一下身體的變化，讓它一點點放鬆下來，感受自己的呼吸和大腦紛雜的思緒，讓它們一點點靜下來。

十分鐘，足以讓壓力和壞情緒得到緩解。

第二種就是去尋找外部幫助，比如向親人朋友訴說、溝通，或者轉換一下思緒，聊一些有趣的話題。其實訴說本身就是一種解壓的方法，就好像一個恐怖的東西，你把它拿出來正視它、訴說它，慢慢也會覺得它不過如此。

網路時代裡太多的網路手段改變了人們曾經的社區模式，電話、影片、簡訊、留言等，人與人看起來非常近，只要撥一個號碼馬上就可以聯繫他人。但科學家發現，愛是需要面對面傳遞的，虛擬世界傳遞的更多是興奮感，它不能真正構成愛的連結。

我們也發現，小朋友都不喜歡視訊聊天和打電話，如果你見到他們，他們會有很多話題和你聊，但是面對視訊卻往往比較冷淡與厭煩。因為小朋友很難從虛擬世界裡感受到愛，面對面在一起不僅僅是語言的傳遞，更多的是一種磁場，這種磁場包括眼神、微表情、撫摸、周圍環境等。

當小孩和你玩的時候，他們會觸碰你，會和你對視，會有很多細節的傳遞，這就是愛的傳遞。所以想要獲得感受愛的能力，就要多去和人接觸，去觀察細節與傾聽，去感受他們的微表情，去理解他們的心情，讓彼此能建立起一種正向、有愛的磁場。

比如砍傷我的那個人，據後面瞭解才得知他和父母、兄弟姐妹早已斷絕來往，長期處於一種極度封閉和重壓的環境中，他的精神遠比他的物質還要貧窮，因為被滿滿的仇恨包裹，他喪失了感知愛的能力。

愛他人和被愛，是人存在於這個世界上很重要的價值，也是人終其一生要去學習和鍛鍊的能力。物質富有與否，有時候由不得我們自己，但精神富有卻是我們的一種選擇。可以從這一刻去感受一下你所處的環境，哪怕身陷黑暗，但至少你還有呼吸、有心跳、有意識，你可以選擇去愛這個世界，愛自己的身體，愛周邊的人。

因為愛，是可以治癒世間的一切苦難的。

第十九章

未來可期

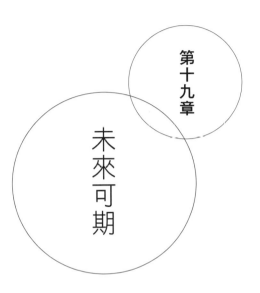

所有的技術和制度都只是手段，
我們首先需要做到的，
是從內心深處踐行「以人為本」。

我經常想未來醫療會是什麼樣子，是否真可以如《大英雄天團》裡演的一樣，家裡有一個「杯麵」，不僅儲存著頂級醫學知識，還擁有人類的情感，無論任何病症，他都可以輕易治癒。也許會有那麼一天，但我覺得那時可能會是另一種狀態——也許人工智慧達到一定程度，人類也就退場了。

現在，我每天還如往常一樣，擠一個小時地鐵趕到醫院，穿過人流洶湧的醫院大廳、電梯、走廊，換上白大褂，迎接一個又一個患者。他們有著各式各樣的不幸，我只能盡自己所能化解一些疾病痛苦，至於他們個人、家庭的種種問題，我也束手無策。

網際網路改變了很多行業，但醫療行業這二十多年並沒有發生太多的變化，只不過可以在網路上預約掛號了，付款可以掃QR碼了，看病在本質上還是醫生和患者一對一的事情，並沒有太多區別。

我出事以後，醫患矛盾也被推上了輿論高峰，很多媒體希望我能對此談談看法，是否可以改變或者呼籲一些什麼。事實上，複雜的問題是不能指望一朝一夕就可以解決的。醫患矛盾，不能簡單地歸結在醫生和患者身上，還有社會法規、醫療體系、就醫環境、服務配套等眾多因素，而醫生和患者只不過是露出水面的一部分冰山，要想改變，還需要從水面以下的部分著手。

對於醫生來說，每天都要面臨眾多患者，每個人的病症都不盡相同，與每個患者交流和溝通的時間也僅有幾分鐘，期間還要時刻注意流程合規等問題；對於每個患者來說，都覺得自己的病是最重要的，自己的時間是最寶貴的，而醫生的精力和耐心分攤到每個患者身上就會顯得不足，甚至有患者覺得醫生冷血無情。

對於患者來說，掛一個號要提前好久預約，千里迢迢趕過來，見了醫生不到幾分鐘就被開出一堆自己看不太懂的單據，暈頭轉向地被指揮到各個地方繳費、做檢查、化驗、再等結果、再掛號……疾病本身已讓他們心力交瘁，加上艱難的就醫過程，會讓他們更容易處於情緒崩潰的邊緣。

醫患雙方各有各的辛苦，站在任何一方指責或要求另一方都顯得不近人情。事實上，這一切真的沒有辦法改變嗎？醫生和患者就一定是供求兩方的對立面嗎？

在休養的這段時間裡，我也細細地思考了很多醫療現狀的問題，確實很難有一個立竿見影的舉措，看似只是醫患矛盾，但真要改變，關係到政府、行業協會、醫院、診所、藥廠、藥局、社會保險基金管理局、社區、患者等眾多關聯對象。從患者的角度來說，看病難、看病貴幾乎是最大的問題；而從醫生的角度來說，病人多、流程煩碎、病人不理解是最大的問題。這兩者綜合來看，就是醫療資源緊張，求大於供的問題。然而，確實如此嗎？

據不完全統計，中國各級醫院的數量有三萬兩千家，醫療衛生機構已超九十八萬家，全國衛生人員總量達一千一百一十七萬三千人，其中執業（助理）醫師三百三十九萬人，鄉村醫生九十萬一千人，按人口基數比例來看，中國的醫療資源並不算少。

造成看病難、看病貴的主要原因是優質醫療資源太少，患者往往一窩蜂往大醫院跑，而有近一半的醫療資源是被浪費的。如何能有效地利用基層醫療機構，發揮出它們應有的功能？目前主推的分級診療——小病應該在小醫院看，大病再轉到大醫院就診——就可以有效地緩解大醫院的就診壓力。

然而具體執行起來的確存有困難——作為患者，他們常常無法分辨什麼是大病，什麼是小病。很多疾病初期往往無法斷定它的嚴重性，若一開始以為是小病，結果拖成大病，那麼最後會導致人財兩失。

我綜合了身邊一些醫生同行的建議和自己的思考，提出以下的建議，這也許只是一個理想化的藍圖，但希望未來醫療能朝這個方面去改進，最終構建一種和諧的醫患關係。

首先，設立家庭醫生。醫學院可以擴大招生量，開設家庭醫生專科，除了在專業層面進行全面培養，還可以增設慢性病康復、嬰幼兒照護、心理治療、家庭關懷等方面的課程，培養更多家庭醫生。

大的社區可以開設相應的家庭醫生辦公室，地產開發商在設立建案時，如果像設立物業機構一樣，配套有家庭醫生專業室，設置一些基礎的醫療器材並且捆綁醫療保健，家庭醫生按人口基數進行分配，每個家庭醫生分攤一部分家庭，尤其是對一些有嬰幼兒、老年人、慢性病、殘障人員的家庭進行重點看護，並且設立用戶滿意度評價體系，將用戶回饋作為家庭醫生薪資和級別調整的重點參考資料，以保證家庭醫生的服務品質和升遷空間——參考網路公司以用戶為中心的商業化運作模式，大幅度地去提高家庭醫生的主動性和服務品質。

每個使用者家庭裡配置一些基本的健康終端產品，比如智能體檢儀、智能睡眠儀或穿戴型裝置（手錶）等。隨著科技的發展，未來奈米技術和感測技術可以隨時隨地檢測一些人體的基礎資料，如血壓、血糖、血尿酸、體脂等，這些資料可以適時地上傳到使用者健康檔案裡，家庭醫生可以隨時查閱與追蹤，根據這些基礎資料能清楚地看到使用者的健康狀況，並及時地干預與治療。這樣下來，就可以將基層醫療機構的作用發揮到最大化，而家庭醫生在第一線與用戶接觸，也容易與患者形成信賴感，可以對孤寡老人、慢性病患者、殘障人士進行心理疏導和日常照護，從而避免一些因未能及時就醫而釀成大禍的事件發生。

其次，加強醫療聯合體。將家庭醫生辦公室、社區醫院、大醫院資料打通，每家三甲醫院直接管理下面數家社區醫院，家庭醫生辦公室平日收集的使用者資料都可以共用；當家庭醫生預判到一些嚴重的病症後，及時向上反應，三甲醫院可根據基層醫院的檢測資料做初步判斷，如果確認需要向上治療，即打開綠色通道，將患者轉移到三甲醫院，交由專科醫生進行診治——第一，這樣可節省大量的檢測時間；第二，也有效地實現了分級診療。

家庭醫生作為初診，對患者的情況比較瞭解，在家庭醫生辦公室就可以完成患者的健康檔案以及診前必備的一些工作，專科醫生可以最大限度地將時間用在治療患者上，而不是用在初診問詢和等候檢測結果上，這也大大縮短了用戶就診時間，可以有效地實現小病在基層醫院治、大病在大醫院治的分級診療模式。

當患者在大醫院結束治療，進入康復觀察期後可再轉回到基層醫院進行照護等工作，專科醫生也可以和家庭醫生定期進行康復期會診，以保證患者的平穩康復，這樣也能最大限度地緩解大醫院床位緊張的問題，保證重症患者住院的需求，將一些慢性病、康復期的患者安置在基層醫院或家裡，患者的感受也會更好一些。如果在康復期出現問題，可再轉回大醫院，如此循環，不僅可以最大限度地發揮基層醫院的作用，也可以緩解大醫院就診和住院的壓力。

再次，治療方法標準化。現在很多醫院之所以就診人數多、壓力大，很大程度上是因為有足夠經驗和資歷的醫生較少，患者往往都是沖著某一個專家而來的，而專家的很多時間都耗費在了一些小病的接診上——專家往往不僅要出門診，還要做科研、帶學生，精力有限——治療小病的確是在消耗專家的時間，患者也會覺得掛專家號又貴又難。

我想，可以透過大數據的手段，將專家的臨床經驗和治療方法進行標準化研究，輸出各類病症的治療方法，這樣普通醫生在接診時，透過患者的健康檔案資料，電腦就能分析出基本的病情以及相似的患者案例，並給出曾經治療的專業方案供普通醫生參考，普通醫生可結合臨床情況對患者進行治療；如遇到特殊的疑難雜症，再請專家進行會診，這樣一來可以提升基層醫生的醫療水準，也能大幅度節省專家的時間，將專家的精力和能力放在最需要他的地方，專家可以有更多的時間做科研、帶學生，大大提升醫療效率。

然後，研發可穿戴設備。國家可鼓勵和支持一些醫療科技公司，研發更新銳的個人健康可穿戴設備，未來可能只需要一支手錶就可以檢測到個人身體狀況，無需複雜的採血過程，透過汗液和皮膚表層細胞就能檢測出大量的健康資料。就像一輛智慧汽車，有任何地方出現問題都會及時預警，患者可自行瞭解，家庭醫生也能及時治療。

現在有很多突發病例，比如心臟病、心腦血管病等等，從發病到死亡的時間非常短，往往發病前患者自己都不知道，一下子暈倒就去世了，實在可惜。如果未來的可穿戴設備可以隨時檢測到這類風險，及時通知患者家屬及家庭醫生，就能最快地給予治療，不再讓此類悲劇發生。

除了可穿戴設備，使用者家裡可以配置一些基礎的個人檢測設備，資料可以隨時上傳到家庭醫生那裡形成個人健康檔案，家庭醫生也可以根據資料的變化和趨勢，提前預判一些疾病的發生；家庭智慧設備也可以對使用者提出合理的生活膳食以及運動建議，幫助用戶早預防、早治療、早康復。

最後，營造全面的就醫環境。目前一些行業協會、社會福利組織、民間公益組織相對來說都是獨立存在的，未來可以將這些組織引入醫療體系，對一些需要救助的個體進行提早的跟蹤救助，同時一些公益組織也可以招募志願者，配合家庭醫生對一些孤寡老人、殘障人士、孤兒等進行扶持與救助，可以全方位地為患者的身心給予溫暖照護。這次砍傷我的人，就是在疾病和生活的折磨下產生了報復社會的扭曲心理，如果有人能提早給予他一些心理疏導，也許就不會造成這次惡果。

從醫這麼多年，我越來越覺得疾病對於患者來說固然可怕，但最可怕的是患者失去對生活的希望。有很多不幸的患者，他們的生活異常艱難，但他們心懷感恩，對生活充滿希望，活在這人世間的每一天都用盡了全力，所以就能樂觀地面對疾病。有時心理作用的力量遠大於藥物，如果一個人心態積極，那麼身體自身會產生很多有益的抵抗力去對抗疾病，相反，越是心中灰暗，疾病就越加張狂。

我渴望有一天，這種理想化的醫療環境得以實現，患者可以感受到作為一個病人享有的溫暖和福利，而醫生也能發揮自己的最大價值，與患者共克病痛。那時，醫患之間的矛盾可能就會大大緩解，不至於讓此成為阻礙醫患之間齊心對抗疾病的攔路虎。「鍥而捨之，朽木不折；鍥而不捨，金石可鏤。」每每我在醫院中心力交瘁時，這兩句話總會浮現在我腦海中，現在只是黎明到來前的混亂，相信我們會迎來一個不一樣的醫療環境。

我在各種醫療論壇上也看到類似的觀點，包括家庭醫生、分級診療、雲醫院等，這些美好的願景就是我們醫療行業變革的未來，每一名為之奉獻的醫護人員、科研工作者、政府和行業協會的工作人員、媒體人、企業家等都將是這塊藍圖的締造者。

我不敢奢望科幻電影中的神奇場景能夠成為現實，那好像離我們太遠太遠，我只希望我們每個人都能抱著一顆樂觀的心去迎接這一天的到來。

我希望可以有更多的人加入到天下無盲的行動中，做科研的、開發人工智慧的、研究有機生物的、從事公益慈善的人士等等，每個人都能為未來醫療努力一小步，那麼很多我們現在無法攻克的疾病，都將會被一個個治癒。所有的技術和制度都只是手段，我們首先需要做到的，是從內心深處踐行「以人為本」。

後記

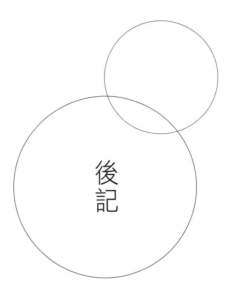

天下無疾，醫護卸甲

——陶　勇

說實話，當完成這本書最後一章的時候，我仍然覺得有點不可思議。

它就像一把手術刀，一點一點地解剖了我的思想，將它們更系統、更直接地呈現了出來。這樣看來，它比我預想的更有意義。如果說醫學研究是關於身體、關於疾病的思考，那麼這本書就是我關於人生、關於內心的洞察。

首先要再次感謝楊碩醫師、志願者劉平、患者家屬田女士、護士陳偉微以及物流人員趙先生，是你們那天奮不顧身、挺身而出才讓我死裡逃生；感謝醫院主管以及救治我的醫生們，是你們第一時間提供我最好的救治，讓我從鬼門關裡爬出來；感謝市委、市政府、衛生健康委員會的主管們，感謝你們對我的關注以及對我家人的照顧；感謝我受傷後九三學社、醫學會、醫師協會、「健康快車」、北大人民醫院的老師們在疫情期間冒著被傳染的風險第一時間探望與關心我，你們給了我巨大的安慰和溫暖。沒有這些，我不可能從生死邊緣走出來。

感謝我的父母、妻子和女兒，你們的堅強和樂觀是我最強大的後盾，在我傷病期間，是你們用最無私的愛一直陪著我，見證我所有的脆弱與堅強、痛苦與快樂，讓我體會到親情的偉大和包容，給我最大的安全感。能成為家人，我此生有幸。

再者要感謝本書的聯名作者李潤，礙於我受傷後左手還未恢復，只能勞他代筆，說是代筆，實則是我們共同碰撞、交流、創作出來的。他是我的校友，也是我近二十年的摯友，我遇襲的事情對他來說是非常震撼的，所以當我邀他為我寫書時，他推掉了一切工作，以純幫忙的方式一口應承下來，這一點，我非常感動。

他為了寫好這本書，查閱了我過往所有的資料、媒體採訪，以及我自己平時寫的一些文章，他還採訪了我的父母、妻子、同事，認真地做了紀錄。為了配合我的時間，他追我到醫院、科研室、康復中心，甚至很長一段時間住在我家，只為等我擠出一些時間和他一起創作。

他是文科生，和我一樣也喜歡哲學和心理學，讀過很多書，所以我們針對一個又一個的主題深度討論，常常一聊就是兩、三個小時。他一直說壓力很大，他自己的書想怎麼寫就怎麼寫，而我的書，他要把我的思想挖出來，把我多年的沉澱最大限度地呈現出來，這才對得起我，對得起我的讀者。

人生得一知己，真是太幸福了。

也感謝本書的策劃公司白馬時光團隊，在李國靖先生身上我感受到了他對文學的熱情，他覺得受傷事件讓大家認識了我，而我的思想才是真正有價值的東西，這本書的意義也正在於此。每次溝通，彼此都能感覺到相同價值觀的碰撞，這讓我心懷熱忱。

最後要感謝所有認識和不認識的朋友們，包括我的同學、同行、患者與支持者，以及媒體、合作夥伴、文化行業等各行各業的朋友們，正是你們對我的關心讓我真正體會到人間大愛與溫暖，讓我在整個傷病期間充滿著希望與光明，也讓我下定決心一定要用更多的愛去回饋這個社會。

寫下這本書對我來說充滿挑戰，我不想讓讀者同情我，不想讓這次砍傷事件成為我的標籤，我只想透過這本書，給自己一個內省的機會，梳理一下自己這半生的思想成長，如果能給讀者一點點有益的啟發，那就是值得的。

從醫是一場修行，這條路艱辛又漫長，但我此刻無比堅定，因為上天給了我一次重生的機會，我想用我的餘生去創造更多的價值，去幫助更多的人。生活的意義本就不在於獲取，而在於付出，將自我的小愛放大成大愛，用大愛去實現自己短暫人生的價值，便不枉此生。

我願變成一支燃燒的蠟燭，用自己微弱的光芒照亮和感染他人，引燃更多燭火，如同天空繁星，永恆而璀璨。

我也希望有朝一日，天下無疾，醫護卸甲。

那個叫陶勇的人

——李　潤

二〇〇三年，我剛認識陶勇。

那時我也在北大上學，接到了一個老師交代的任務——接待一隊從美國來訪的學者。結果接待的前一天，我家裡突發急事，一下子讓我分身乏術。我同學便向我推薦了陶勇，說他英文好，學識淵博，又懂美國文化，也熟悉北京歷史，是個絕佳人選。果然，陶勇一上，事情完美收官，美國來的學者對陶勇讚不絕口，對北大和北京都留下了美好的印象。

欠了陶勇這麼大一個人情，我自然是要隆重答謝一番的，北大西門吃了一頓熱辣辣的烤翅後，我倆就成了相見恨晚的朋友。我學文，他學理；我感性，他理性；我風趣，他古板。就這樣，機緣巧合，各取所需，緣分天定。從此，他積水潭那個研究生宿舍成了我週末經常光顧的地方。

他那個宿舍是一個非常老舊的賓館改造的，外牆爬滿了暗綠色的爬牆虎，原本就處在一樓的宿舍更加地幽暗，中午光都很難透進來。廁所、淋浴間、洗漱間都是公用的，所以經常看到各種裸男在走廊裡穿梭。舍監阿姨見多了此類「香豔」場面，依然保持著一樓之主的威嚴。

我每次去陶勇宿舍都會被舍監阿姨厲聲盤問，有一次我和陶勇一同回來，一向凶巴巴的阿姨見到陶勇就像見到親兒子一般喜笑顏開，讓我大為震驚。可見，陶勇這個中老年婦女之友的魅力從那時就顯現出來了。

陶勇脾氣非常好，說話溫柔，又能讓人產生共情，同時面對老太太們反反復復的情緒，他還能乾脆俐落地給個主意，所以深得老太太們喜歡。果然，在後來十幾年的時間裡，陶勇陸續認了四、五個乾媽，有他的老師也有他的患者，過年過節期間，不是這個乾媽送好吃的給他，就是那個乾媽買衣服給他，真是羨煞我等。

接觸久了，發現陶勇是一個「非正常人類」。他像一臺高速運轉的電腦，也是一本能直立行走的百科全書，是天天精神奮發的勵志達人，也是同情心氾濫的愛心大使——他彷彿天生就是為從醫而生的。

我記得有一次大家談到夢想，那時一貧如洗的我們大多都夢想著能發大財，只有他雙眼飽含熱情、四十五度角仰望天空，口中念念有詞：「我要攻克癌症，留名史冊。」把我們震得半晌沒人接話。

他有這個熱情，並不是空口白說，而是真正落實在行動中的。在書裡看到這樣的人我們會奉為偶像，但身邊出現這樣的人，大家會覺得非常「奇葩」。他每日從醫院回來就一頭栽進電腦裡寫論文、做課題到半夜一、兩點，然後早上五、六點鐘就起床，說是要去醫院查房。

週末好不容易休息一、兩天，他也把行程排得滿滿當當，一大清早就跑去郊區屠宰場買豬眼，然後血淋淋地帶回試驗室，開始一天的研究。後來他又開始自己養豬、養兔，身上總有一股豬屎味。

有時，我們想拉著他去玩，他就會告誡我們：「一幫不學無術的傢伙，不覺得浪費時間嗎？」生活中聽到這樣的話，難免萬分掃興，有時真想揍他一頓。不過，他到底是人類，所以偶爾礙於情面還是會和我們出去吃飯、打遊戲、唱KTV。

只不過有他在的場合，往往話題聊著聊著就變成了一場勵志演說，搞得大家都熱血沸騰的，紛紛表示：「不行，我們太墮落了，從明天起，我也要早起學習！」然而這碗雞湯也不過只有一個晚上的效用，第二天大家就又恢復到了原本的樣子，內心十足掙扎。

如此反復之下，大家開始避見陶勇，好像見了他就看見了心中那個吹牛的自己，略有慚愧。但墮落久了，又十分想念他，聽他罵上幾句好像又能打起一些精神，陶勇就是這麼一個讓我們又愛又恨，但又離不開的奇葩。

好像在陶勇身上發生什麼奇蹟，我們都不奇怪，因為早已被震撼過太多次，有些麻木了。別人發一篇SCI文章恨不得被剝一層皮，這傢伙悄無聲息地就發了七十九篇，剛開始的時候，我們還驚訝紛紛，然後從驚訝到「羡慕嫉妒恨」，最後演變成只要聽到他發表了一篇，我們下意識只有一句話：「在哪裡吃？」

北大畢業那天，他作為全校畢業生代表上臺講話，不認識他的人都會驚嘆：「好厲害呀！」只有我們波瀾不驚，覺得不是他才奇怪。後來，他又獲得了北京十大傑出青年醫生、人民醫院最年輕的副教授等殊榮，我們也已見怪不怪，逼他請客。在我們心中，這種厲害的人我們這輩子也追不上，占點便宜最實惠，人性劣根性盡顯。

除了在事業和學業上超乎人類地上進，陶勇的時間管理也令我們震驚。記得有一次我約他談事遲到了十分鐘，結果事情沒談成，還被他數落了他半個小時，到最後我簡直恨不得跪下來向他承諾以後再也不遲到了。

他自己是個非常守時的人，約好的時間絕不會遲到，有時他來早了，就會拿出電腦處理工作上的事情，尤其在人聲鼎沸的餐廳裡，他那獨自運指如飛的場景真是引人注目。

他對時間的珍視遠超我們平凡人，我們甚至有時會覺得有些不近人情。以前我還會偶爾打電話給他問候一下，近年來，沒有重大事情我根本不敢打電話給他。

他會在接起電話的第一時間急促地追問「什麼事」、「說」，這種氣壓下，沒什麼正經事的人根本不敢廢話，感覺聊天是在浪費他的生命。

生活上的陶勇卻可以稱為一個白癡，但凡和工作、學業無關的事，他根本不會關心，對錢也沒什麼概念。讀研時，他的床底下有一個很大的鐵桶，他會把脫下來的髒衣服通通塞進去，直到快要塞不下了，才一股腦兒扔進洗衣房那種收費洗衣機裡攪一攪。

有一次他準備參加一個全國醫學領域的演講比賽，為了準備充分，他喊我到他宿舍聽他練習。聽完我完全提不出任何意見，只好問了一句：「你到時候穿什麼。」他從桶裡扯出一件皺巴巴的襯衫給我看，被我當即否定，然後在我的慫恿下，他斥鉅資添置了一身西裝，當天他表現出色，順利拿下第一。沒過多久我再去他的宿舍，發現那身西裝已經功成身退，被狼狽地塞進了鐵桶。

在吃的方面他更是「令人髮指」，在他從德國留學回來後，因著好久未見，便相約到他的租屋處聊天，電話中他興沖沖地說：「我做飯給你吃！」我激動萬分，想著能勞陶大師花一個小時做飯，我這面子真是比天都大了。

到了他家後，我眼瞅著陶大師先是燒了一鍋開水，然後把一堆從超市裡買回來的丸子、餃子、冷凍海鮮等通通倒了進去，最後放了點醬油就給我盛出來了。我整個人都呆了，他還得意揚揚地說，我在德國學的，特別好吃，你嘗嘗。

看我顫巍巍地拿起筷子，他恍然大悟，從身後拿出來一瓶辣椒醬，說蘸著吃更美味。我有些難以接受：「你在德國就吃這個？」

他說：「是啊，你知道嗎，德國人不吃雞頭、雞爪的，非常便宜就能買到，然後這樣煮著也很好吃。」

陶勇對物質的要求一向極其簡單，從上學到現在完全沒有變過。這陣子因為要幫他寫書，為了配合他的時間，我不得不暫住在他的宿舍。時間在陶勇身上彷彿是停止的，他的吃穿用度還和上學時一樣，而我早已接受不了這種寒磣的生活：洗手間的蓮蓬頭一看就是用了多年，水管僵化，水流凶猛，打開水龍頭，水流像一條搖頭晃腦的蛇；床上的床單、被子、枕頭還是多年前的超市貨，蓋在身上又硬又滑，我一宿都沒睡好。對面床的陶勇卻睡得那般香甜，我就想，這傢伙真是完全擺脫了物質的約束，活到了一種無敵的境界了。

陶勇是一個氣場特別強的人，雖然個性古怪脾氣臭（對外人正好相反），但大家都很喜歡他，有時被他數落幾句還滿受用。因為他太堅定了，像一棵參天大樹，根紮得極深，外界的風吹雨打根本動不了他分毫，和他在一起，總會有一種莫名的安全感。

畢業多年，我們從二十多歲一步步走向不惑之年，歲月的洗禮讓很多人都變了，只有他還像二十幾歲一樣活得那麼朝氣蓬勃。沒有他的聚會，我們聊的都是家長裡短，生活的不易和自我的迷茫，只要他一到場，氣氛會瞬間變化——他會一個個對我們進行靈魂拷問——你在做什麼？怎麼樣了？取得了什麼成果？你喜歡嗎？

為了應對他的提問，我們不得不再次反省一下自己的人生價值。不過近年來，他性格柔和了很多，也可以接受我們這種墮落的人生了。他說，只要你覺得開心就行。

成年人如何能做到開心真的是一門大學問，每每午夜夢回，總會自我懷疑，這是我想要的人生嗎？但也找不到更好的答案，這時就會特別羨慕陶勇，覺得他活得最簡單、最真實，赤子一樣投入他的事業中，那是來自靈魂的充實和幸福。

此次陶勇被傷，真是震驚了我們整個朋友圈，大家完全不相信會是他，直到在網路上看到他血淋淋躺在擔架上的照片，我們好多人都崩潰了。一時間胸口憋悶，眼眶發熱，心情極為難受。

其實這麼多年因為他工作忙，我們也很少能見面，但他在我們心中一直沒有任何變化，他彷彿活成了我們內心中的那個自己，只要他在，我們就還能感受到曾經的那份純真與熾熱，而如今他被傷了，我們有一種心底的夢被擊碎的感覺。

我當即就買了前往北京的火車票，到了火車站得到消息說，因為疫情，陶勇搶救的醫院根本進不去，讓我不要來了。我在火車站大哭，打電話給他一直沒人接聽，打電話給他家人也沒人接，我心慌得難以自持。

整個春節，大家都在微信群組裡替他祈福，大年初一，還有幾個朋友冒險開車去了一個野廟裡燒香祝禱。終於，在初六那天，他在群裡傳了三個字：「我很好。」大家興奮極了，趕緊追問他狀態如何，他一直沒有回覆，想來是他的手根本沒法打字。

又過了兩天，他才在群裡又說了一個字：「疼。」這時，我也看到了幾篇關於他的報導，想著他躺在ＩＣＵ該有多麼痛苦、多麼絕望，眼淚還是止不住，邊哭邊一氣呵成為他寫下一首歌：

勇

詞：李潤（獻給我的好友陶勇）

你問我，
為什麼會有黑夜，
那是因為有光要進人間；

你問我，
為什麼會有雨天，
那是因為，
太陽也會悲傷。

你問我，
為什麼要去愛，
那是因為，
那是你心中的力量；

你問我，
為什麼還要恨，
我說寶貝，
那只是暫時的逃亡。

你哭了，
你說你不堅強；
我笑了，
你的勇比光還輝煌。
只是你忘了，
勇是熱血洶湧，
也是眼淚翻滾；
勇是你面對黑暗的英勇，
也是迎來光明的信念。

你問我，
為什麼要有上帝，
那是因為這世界需要信仰；

你問我，
為什麼天使從未出現，
那是因為有你這樣的人扮演。

你笑了，
你說你太渺小；
我哭了，
你的勇是上帝的光。
只是親愛的你，
勇是擔當前沖，
也有身後目光；
勇是你存在意義的功勳，
也是平凡生活的堅韌。

因為我太過清楚陶勇幾乎把他的全部都投入了他的事業，所以，遭此劫難，我不知道他會不會懷疑自己這麼多年的堅持。我害怕他從此一蹶不振，害怕我們心中的那份赤誠就此死去，害怕我們身邊唯一一個堅持真善美的人得不到好報。我想告訴他，你依然是我們心中那個單純的小孩，不管任何風雨，我們都會保護你。

然而完全超乎我們的意料，三個月後再見到陶勇，除了身上那些醒目的傷疤，他還和被傷前一模一樣，甚至還胖了一圈。他自嘲道：「這三個月啊，是我人生中最輕鬆的三個月，啥也不用做，吃了睡，睡了吃。」原本我們準備了一肚子安慰的話，竟一時不知道該說什麼了。大家嘻嘻哈哈又扯回到少年時的那些話題，我們心中的一塊巨石才緩緩放下。

一如我們的認知，陶勇實在太堅定了，他的這種堅定讓所有困難都變得沒有那麼困難，也讓他周圍飄蕩的心慢慢聚攏在他的身邊。幫他寫下這本書，其實就是希望能把他這種魅力放大，讓更多人感受到這種堅定，從而在迷茫、脆弱時感受到一點力量。

你是暗夜裡的光

上天從來不吝於雪上加霜，
也鮮少對深陷苦難的人，
表現出過多的憐憫。
可是，
沒有苦難，便沒有詩歌。
我尊重那些即使明知自己身患重疾，
也仍然懷揣夢想、不斷奮鬥進取的人；
我尊重那些雖然家境貧寒，甚至一貧如洗，
卻仍然堅持勞動、不放棄治療的人；
我尊重那些被孤立、被誤解、被傷害，
遍體鱗傷但仍心無恨意、笑對人生的人；
我也尊重那些用幽默填充身體的殘缺，
用熱情點燃生命之火的人。

2000 年國慶日
拍攝於天安門廣場

受傷前的陶勇

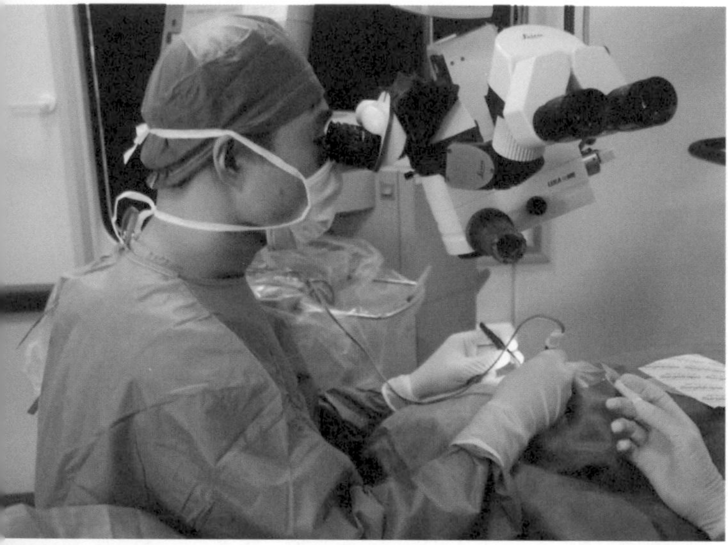

陶勇在江西樂安「健康快車」上執行手術

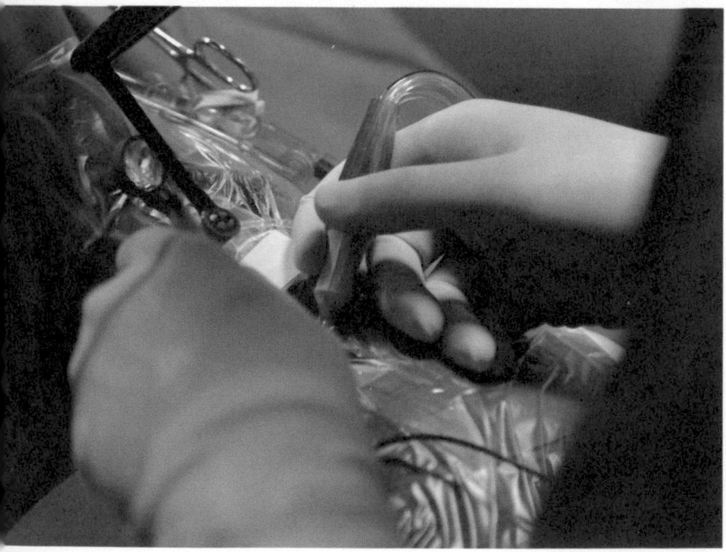

陶勇曾經靈巧的雙手

陶勇受傷後，患者送來的鮮花擺滿了 ICU 門口

2008 年陶勇攝於德國曼海姆的噴泉廣場

哲學家小徑位於海德堡內卡河以北，
聖山南坡的半山腰上，也被稱作哲人之路

哲學家小徑與海德堡城堡隔河相望，
於哲學家小徑上可俯瞰內卡河對岸的
海德堡老城風光

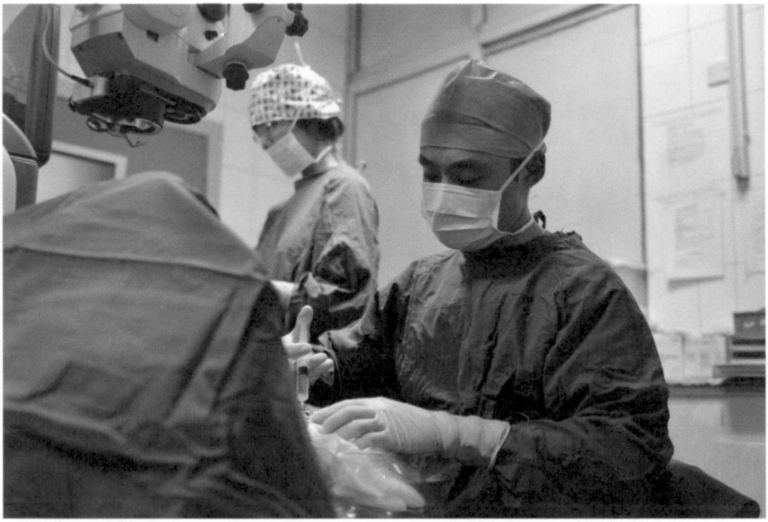

手術前陶勇為患者注射麻醉藥

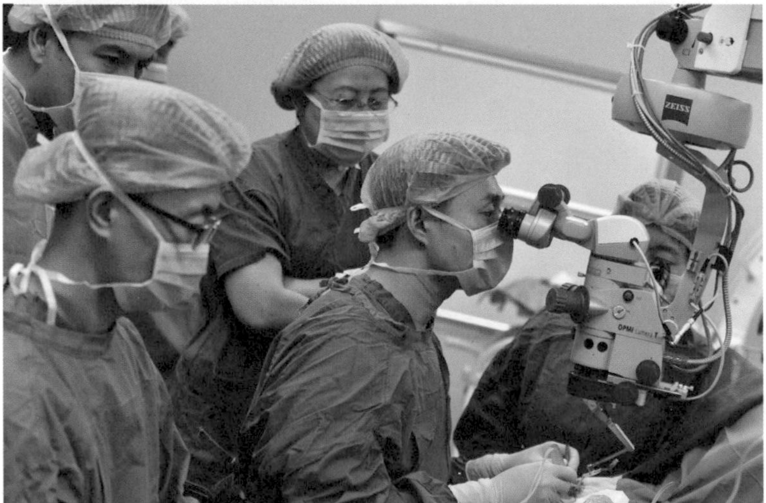

陶勇於西藏拉薩進行手術義診

陶勇為北京地下通道的流浪漢準備被子

薇薇送給陶勇的兒童黏土作品

陶勇與李潤合照

高寶書版集團
gobooks.com.tw

BK 055
目光：從醫師成為病人，關於人性善惡、寬恕、生命的治癒處方箋
作　　者　陶　勇、李　潤
責任編輯　高如玫
封面設計　林政嘉
內頁排版　賴姵均
企　　劃　何嘉雯

發 行 人　朱凱蕾
出　　版　英屬維京群島商高寶國際有限公司台灣分公司
　　　　　Global Group Holdings, Ltd.
地　　址　台北市內湖區洲子街88號3樓
網　　址　gobooks.com.tw
電　　話　（02）27992788
電　　郵　readers@gobooks.com.tw（讀者服務部）
傳　　真　出版部（02）27990909　行銷部（02）27993088
郵政劃撥　19394552
戶　　名　英屬維京群島商高寶國際有限公司台灣分公司
發　　行　英屬維京群島商高寶國際有限公司台灣分公司
初版日期　2021年12月

本書為北京白馬時光文化發展有限公司正式授權英屬維京群島商高寶國際有限公司台灣分公司出版發行。

國家圖書館出版品預行編目（CIP）資料

目光：從醫師成為病人，關於人性善惡、寬恕、生命的治癒處方箋 / 陶勇, 李潤著. -- 初版. -- 臺北市：英屬維京群島商高寶國際有限公司臺灣分公司, 2021.11
　面；　公分. --（Break；BK055）

ISBN 978-986-506-255-2（平裝）

855　　110015842